Joachim Friedrich

Fee und das Geheimnis des Zauberers

AMANDA X

cbj

Foto: © Thienemann Verlag

DER AUTOR

Joachim Friedrich, geboren 1953 in Oberhausen, studierte nach seiner Lehre zum Industriefachmann Volkswirtschaft und arbeitete als Professor für Betriebswirtschaftslehre und als Unternehmensberater. Die Wende kam, als er merkte, dass er Kinder zum Lachen bringen kann. Seitdem hat er viele Geschichten für Kinder und Jugendliche geschrieben. Mittlerweile ist Joachim Friedrich nur noch als freier Schriftsteller tätig. Er lebt mit seiner Frau und seinen Kindern im Ruhrgebiet.

Von Joachim Friedrich ist bei cbj erschienen:

»Amanda und die Detektive« (22137)
»Bella und der Poltergeist« (22138)
»Circus Barrone und der Fluch des Papagei« (22139)
»Didi und die flüsternden Pferde« (22140)
»Eric und das boxende Schaf« (22141))

Joachim Friedrich

Fee und das Geheimnis des Zauberers

Mit Illustrationen

von

Edda Skibbe

cbj

cbj
ist der Kinder- und Jugendbuchverlag
in der Verlagsgruppe Random House

FSC
Mix
Produktgruppe aus vorbildlich bewirtschafteten Wäldern und anderen kontrollierten Herkünften
Zert.-Nr. SGS-COC-001940
www.fsc.org
© 1996 Forest Stewardship Council

Verlagsgruppe Random House FSC-DEU-0100
Das FSC-zertifizierte Papier
München Super Extra für dieses Buch liefert
Arctic Paper Mochenwangen GmbH.

1. Auflage
Erstmals als cbj Taschenbuch November 2010
Gesetzt nach den Regeln der Rechtschreibreform

Umschlag- und Innenillustrationen: Edda Skibbe
Umschlaggestaltung: Basic-Book-Design, Karl Müller-Bussdorf unter Verwendung der Originalgestaltung von Michael Kimmerle
MI · Herstellung: CZ
Satz: Buch-Werkstatt GmbH, Bad Aibling
Druck und Bindung: GGP Media GmbH, Pößneck
ISBN: 978-3-570-22142-6
Printed in Germany

www.cbj-verlag.de

Amanda X

»Amanda X – Hellseherin, Medium und Geisterbeschwörerin – Sprechstunde nach Vereinbarung«: So steht es an ihrer Haustür und Amanda X ist nun wirklich keine gewöhnliche Haushälterin. Eigentlich heißt sie Else Schmitz, doch ihre Freunde und Kunden kennen sie nur unter ihrem Künstlernamen: Als Amanda X veranstaltet sie zaubergalaktische Geisterkränzchen und liest die Zukunft je nach Wunsch aus Kaffeetassen oder Kristallkugeln. Zu einem Mandellikörchen sagt sie ungern Nein, aber am meisten Spaß macht ihr die Aufklärung von Kriminalfällen.

Sister X

Amanda besitzt nicht nur eine Kristallkugel, sondern auch ein Schaf. Genauer gesagt ein außerirdisches Schaf mit Sonnenbrille. Wenn Sister X nicht gerade auf Amandas Dachterrasse grast, unterstützt sie das zaubergalaktische Geisterkränzchen als Medium. Sister X hat den gleichen Wuschelkopf wie Amanda und die beiden sehen sich einfach zum Verwechseln ähnlich – wie Schwestern eben.

Ricki und Blümchen

Ricarda Kaminski, genannt Ricki, dünn, rothaarig, mit jeder Menge Energie und Sommersprossen, musste die Schule wechseln, als ihr Vater wieder einmal versetzt wurde. Schon am ersten Schultag lernte sie Blümchen kennen, die eigentlich Julia Wolff heißt. Blümchen trägt am liebsten Blümchenröcke und weiße Blusen. Das ist zwar nicht angesagt, aber über Blümchen macht sich niemand lustig, denn sie trainiert mit ihrem Opa im Boxclub und ihre Linke ist allgemein gefürchtet.
Ricky und Blümchen haben nur noch Vater bzw. Mutter, was nicht immer einfach für sie ist. Dafür sind sie aber die besten Freundinnen!

Opa Schraube

Opa Schraube war Profiboxer und es wird gemunkelt, er sei schon in der Boxhalle geboren worden.
Fest steht, dass er Blümchens Opa ist und beste Verbindungen zu gewissen Kreisen unterhält …

Das zaubergalaktische Geisterkränzchen

Andere Damen im vorgerückten Alter mögen sich mit schlichten Kaffeekränzchen begnügen: Amanda X, Hedwig und Elsbeth, die unähnlichsten zweieiigen Zwillinge, die man sich vorstellen kann, und Eleonore Freifrau von Hoppenstedt veranstalten Geisterkränzchen, auf denen sie mit ihren verstorbenen Angehörigen plaudern …

Kommissar Kaminski und Frau Wolff

Rickis Vater und Blümchens Mutter haben einiges gemeinsam. Nicht nur, dass sie in Amandas großem Haus unter einem Dach wohnen. Sie haben auch die gleiche Schwäche für Kriminalfälle. Horst Kaminski tut als Kripobeamter sein Bestes, um seinem großen Vorbild Schimanski nachzueifern. Und Gerda Wolff hat eigens ein Detektivbüro eingerichtet, um auf Verbrecherjagd zu gehen. Dass die beiden noch viel mehr miteinander verbindet, erfahren sie erst nach und nach …

* 1 *

Es war der letzte Schultag vor den Ferien und die Sonne schien. So schön kann das Leben sein!

Meine beste Freundin Blümchen und ich hatten supergute Laune, als wir von der Schule nach Hause gingen. Wir wohnen in einem Haus, genauer gesagt in Amandas Haus. Amanda X ist eigentlich unsere Haushälterin, aber sie ist auch Hellseherin, Medium und Geisterbeschwörerin. Jedenfalls behauptet sie das. Mittlerweile leben wir alle in ihrem großen Haus, das einmal ein Fabrikgebäude war. Papa und ich haben eine Wohnung, Blümchens Mama und ihr Opa Schraube haben die zweite Wohnung und Amanda wohnt unter dem Dach. Außerdem gibt es noch das Büro von Gerda Wolff, Blümchens Mama. Dort betreibt sie ein Detektivbüro.

»Ricki! Guck mal!«, rief Blümchen plötzlich. »Was hat Amanda denn mit Bubi gemacht?«

Bubi ist Amandas knallrotes Knattermotorrad mit Beiwagen. Es stand vor unserer Haustür und war mit Taschen und Koffern bepackt.

»Sieht aus, als wollte Amanda verreisen«, sagte ich.

»Ohne uns was davon zu sagen?«, fragte Blümchen. »Das glaube ich nicht.«

Wir rannten die Treppen zu Amandas Wohnung hinauf. Die Wohnungstür stand wie immer offen. Als wir hineinstürmten, wären wir beinahe über Sister X gestolpert.

»Sister X!«, rief Blümchen. »Hast du mich erschreckt!«

»Sie steht da, als hätte sie auf uns gewartet«, sagte ich.

Sister X ist Amandas Schaf. Blümchen und ich haben sie noch nie ohne ihre Sonnenbrille gesehen. Amanda behauptet sogar, Sister X sei außerirdisch und habe ganz besondere Kräfte. Ob Sister X tatsächlich außerirdisch ist, wissen Blümchen und ich nicht. Aber das ungewöhnlichste Schaf, das man sich nur vorstellen kann, ist Sister X bestimmt. Amanda nimmt sie überallhin mit und hat für sie auf dem Dach des Nebengebäudes sogar eine große Wiese angelegt.

Sister X beachtete uns nicht weiter, als wir in Amandas Küche gingen, wo wir sie meistens fanden. So auch dieses Mal. Allerdings war sie nicht allein. Gerda und Papa waren da. Und auch sie schienen auf uns gewartet zu haben.

»Ricki! Blümchen!«, rief Amanda. »Da seid ihr ja! Wir haben –«

»Warum ist Bubi so bepackt?«, unterbrach ich sie. »Willst du verreisen?«

»Allerdings«, schmunzelte Amanda. »Und zwar mit euch!«

»Echt?«, riefen Blümchen und ich wie aus einem Mund. »Wohin denn?«

»Nach Südstrand!«

Einen Augenblick waren Blümchen und ich sprachlos.

»Ans Meer?«, rief ich. »Du willst mit uns ans Meer?«

»Und dann auch noch nach Südstrand! Ist es da nicht zu teuer?«, fragte Blümchen.

»Darum macht euch mal keine Sorgen«, meinte Amanda nur.

»Warum hast du uns das nicht früher gesagt?«

»Das ist meine Schuld«, sagte Papa. »Ich habe Amanda erst heute erzählt, dass ich einen Sondereinsatz in Südstrand habe. Dort wird in einem Hotel eine sehr wertvolle Bilderausstellung gezeigt. Die müssen wir bewachen.«

»In Südstrand?«, fragte ich.

Mein Papa ist Kriminalkommissar. Allerdings arbeitet er sonst immer nur in unserer Stadt.

Papa zuckte mit den Schultern. »Die Kollegen in Südstrand haben mit so was keine Erfahrung. Darum haben sie uns gefragt. Und gegen eine Woche Meer hatten Pauer und ich natürlich nichts einzuwenden.«

»Pauer?«, rief ich. »Kommt der etwa auch mit?«

»Das ist der Nachteil an der Sache«, seufzte Papa.

Kommissar Pauer ist Papas Kollege. Wir alle mögen ihn so gern wie Bauchschmerzen.

»Auf jeden Fall habe ich mir gedacht, dass wir Rickis Papa dort besuchen und ein paar Tage Urlaub machen könnten. Schließlich habt ihr Ferien«, sagte Amanda.

Ich fiel Amanda um den Hals und kurz darauf kam auch Blümchen.

»Amanda! Du bist die Größte!«, rief ich und dann drückten wir sie.

»Aufhören!«, keuchte Amanda. »Ich krieg keine Luft mehr!«

Das glaubte ich ihr gern. Blümchens Hobby ist das Boxen. Das hat sie von ihrem Opa Schraube gelernt. Darum ist sie stark – sehr stark! Und sehr groß. Im Gegensatz zu mir. Ich bin klein und dünn. Dafür habe ich knallrote Haare. Das und meine große Klappe helfen mir, nicht ständig übersehen zu werden.

»Wann fahren wir denn?«, fragte ich.

»Gleich morgen in aller Frühe.«

»Ooch! Morgen erst?«

Ich glaube, es war das erste Mal, dass Blümchen und ich in den Ferien frühmorgens aufstanden, ohne zu meckern. Und so schnell hatten wir wohl auch noch nie unser Frühstück verputzt. Blümchens Mama und Opa Schraube waren aus den Federn gekrochen, um uns zu verabschieden. Papa hatte mit Kommissar Pauer den Nachtzug genommen.

»Das passt mir überhaupt nicht«, schimpfte Opa Schraube, als Blümchen, Amanda, Sister X und ich auf Bubi kletterten.

»Was passt Ihnen nicht, Sie alter Meckerbeutel?«, fragte Amanda.

»Dass die Mädchen auf Ihrer Knatterkiste einen so

weiten Weg fahren. Warum nehmt ihr nicht den Zug, so wie Horst?«

»Machen Sie sich keine Sorgen, Schräubchen«, flötete Amanda. »Ich pass schon auf die beiden auf.«

»Genau das macht mir ja Sorgen«, brummte Opa Schraube.

Amanda und Blümchens Opa können keine fünf Minuten zusammen sein, ohne sich zu streiten. Darum würden sie auch nie zugeben, wie gern sie sich mögen, obwohl es längst alle wissen.

»Ach, Opa!«, rief Blümchen. »Auf Bubi ist es doch viel schöner!«

Wie immer, wenn wir mit Bubi unterwegs waren, hatte sich Blümchen zu Sister X in den Beiwagen gesetzt. Ich hatte es mir auf dem Sozius hinter Amanda gemütlich gemacht. Für Blümchen und mich gibt es kaum etwas Schöneres, als mit Amanda, Sister X und Bubi einen Ausflug zu machen.

Opa Schraube ließ seinen Zigarrenstummel im Mund herumkreisen. »Ich kann's ja doch nicht verhindern.«

An seinem Zigarrenstummel, mit dem Opa Schraube wahrscheinlich auch schlafen geht, sieht man immer genau, wie Opa Schraube gelaunt ist. Und kreisen heißt eindeutig: schlechte Laune.

»Wahrscheinlich ist er neidisch«, flüsterte Blümchen mir zu.

»Wäre ich an seiner Stelle auch«, flüsterte ich zurück.

Eigentlich ist Bubi nicht sehr bequem und der Weg nach Südstrand ziemlich weit. Trotzdem waren Blümchen und ich fast enttäuscht, als wir an dem Ortsschild zu dem vornehmen Badeort vorbeifuhren. Aber da war ja noch das Meer!

»Fahren wir gleich an den Strand?«, rief Blümchen aus ihrem Beiwagen.

»Das machen wir später«, antwortete Amanda. »Zuerst müssen wir zu unserem Hotel.«

»Haben wir denn schon eins?«, fragte ich.

»Ja, das Plaza!«

»Hört sich ziemlich teuer an«, meinte Blümchen.

»Das macht nichts«, meinte Amanda nur.

Als wir auf das Hotel zufuhren, über dessen Eingang in riesigen Buchstaben *PLAZA* stand, wusste ich, dass Blümchen Recht hatte. Südstrand ist berühmt dafür, dass es dort sehr schön, aber auch sehr teuer ist. Und dieses Hotel war bestimmt eines der vornehmsten und teuersten.

»Da steht Eleonore!«, rief Blümchen.

Eleonore ist eine von Amandas Freundinnen. Sie ist eine richtige Adlige mit Schloss und allem Drum und Dran und gehört, ebenso wie die Zwillinge Hedwig und Elsbeth, zu Amandas Geisterkränzchen. Sie treffen sich einmal in der Woche, um ein wenig mit den Verstorbenen zu plaudern, wie Amanda immer sagt. Meistens reden sie allerdings mit dem Papa von Hedwig und Elsbeth, der angeblich Harfe in einem Engelorchester spielt.

»Liebste Amanda!«, rief Eleonore und schwebte auf uns zu. »Ich habe mir schon Sorgen um euch gemacht!«

»Das war nicht nötig, liebe Eleonore. Bubi ist nicht mehr der Jüngste. Darum braucht er ein wenig mehr Zeit.«

»Warum hast du uns nicht gesagt, dass Eleonore auch hier ist?«, fragte ich.

»Noch eine kleine Überraschung«, schmunzelte Amanda wieder.

»Hier wird doch morgen die Ausstellung mit der Gemäldesammlung von Mr Moosbacher eröffnet«, sagte Eleonore. »Die möchte ich mir natürlich nicht entgehen lassen. Sehr schön und sehr wertvoll! Dieser Mr Moosbacher hat einen exquisiten Geschmack – zumindest für einen Neureichen. Außerdem kenne ich Herrn Kimpenski, den Besitzer des Hotels, sehr gut.«

»Hat sie uns die Zimmer hier besorgt?«, fragte ich Amanda.

»So ist es.«

»Genau! Die Zimmer!«, rief Eleonore. »Wenn ihr eure Sachen ausgepackt und euch ein wenig frisch gemacht habt, werde ich euch mit Herrn Kimpenski bekannt machen. Ein wirklich feiner Mensch.«

»Also gut«, sagte Amanda. »Dann sehen wir uns mal die Zimmer an, die du für Ricki, Blümchen, Sister X und mich reserviert hast.«

»Sie nimmt Sister X mit«, flüsterte Blümchen mir zu. »Das wird bestimmt wieder lustig.«

In die Eingangshalle des Hotels hätte Eleonores Schloss wahrscheinlich bequem hineingepasst. Überall Ledersessel, Marmor und vornehm dreinschauendes Hotelpersonal in tollen Uniformen. In der Eingangshalle wimmelte es von noch vornehmeren Gästen in superedlen Klamotten. Unwillkürlich sah ich an mir herunter. In meiner abgewetzten Lederjacke, meinen Jeans und den ausgelatschten Turnschuhen würde ich bestimmt bald heimlich Geld zugesteckt bekommen. Blümchen sah schon etwas besser aus, jedenfalls für dieses Hotel. Sie trug wie immer ihren Blümchenrock, der ihr auch ihren Spitznamen eingebracht hat, eine weiße Bluse und Kniestrümpfe.

Der Mann hinter der Rezeption steckte in einer besonders schönen Uniform und schien auch besonders vornehm zu sein.

»Eine Reservierung für Madame X und zwei junge Damen. Zwei Doppelzimmer«, näselte der Mann. Er hatte ein Namensschild an seiner Brust kleben. *Rüdiger* stand darauf.

Rüdiger begann auf der Tastatur seines Computers herumzuklimpern.

Plötzlich stutzte er. »Zwei Doppelzimmer? Erwarten die Herrschaften noch jemanden?«

»Nein, wir sind alle da«, antwortete Amanda. »Ein Doppelzimmer für Ricki und Blümchen und eines für Sister X und mich.«

»Sister X?«, fragte Rüdiger ein wenig verwirrt.

Amanda bedeutete ihm näher zu kommen und zeigte

dann auf Sister X, die vor der hohen Rezeptionstheke stand. Als Rüdiger Amandas Schaf sah, war es mit seiner Vornehmheit fast vorbei.

»Aba – aba – das – das ist ja ein Schaf!«, stotterte er.

»Gut erkannt, junger Mann«, erwiderte Amanda sehr freundlich. »Genauer gesagt, ein außerirdisches Schaf. Es hört, wie ich bereits erwähnte, auf den Namen Sister X. Wir beide werden eines der Doppelzimmer beziehen.«

Rüdiger schnappte ein paarmal nach Luft, dann hatte er sich wieder gefangen.

»Nun, gnädige Frau«, begann er vorsichtig, »eigentlich ist es in unserem Hause nicht üblich, Haustiere mit aufs Zimmer zu nehmen. Wir haben dafür eine wunderschöne Tierpension. Das –«

»Sister X ist kein Haustier, junger Mann«, unterbrach Amanda ihn schon ein wenig unfreundlicher. »Sie ist, wie gesagt, außerirdisch und sie ist Malerin. Sie möchte sich gern Mr Moosbachers Gemäldesammlung ansehen.«

»Das Schaf ist was?«, kreischte Rüdiger.

»Malerin. Ist Ihnen zufällig die Sonnenbrille aufgefallen?«

»Allerdings.«

»Die trägt sie, weil sie sehr empfindliche Augen hat. Und darum sieht sie auch sehr gut. Und das ist, wie Sie sicher wissen, die beste Voraussetzung, wenn man schöne Bilder malen will.«

»Was – äh – malt sie denn so?«, fragte Rüdiger.

»Ihre Lieblingsmotive sind Schafe und saftige grüne Wiesen.«

»Wiesen«, hauchte Rüdiger. Seine Unterlippe begann zu zittern und auf seiner Stirn standen Schweißperlen.

»Interessiert Sie auch ihre Technik? Die ist nämlich sehr interessant«, plapperte Amanda fröhlich weiter.

»Technik. Gewiss, gnädige Frau. Aber wie ich schon sagte ...«

Blümchen stieß mich an. Ich sah nicht zu ihr, sonst hätte ich bestimmt laut gelacht. Blümchen und ich lieben es, Amanda zuzuhören, wenn sie anderen Leuten erklärt, was für ein tolles Schaf unsere Sister X ist.

»Sie hat doch dieses süße kleine Puschelschwänzchen. Das ist ein idealer Pinsel. Hätten Sie das gedacht, junger Mann?«

»Äh – ja – nein«, stammelte Rüdiger und sah sich verzweifelt nach Hilfe um.

»Es ist zwar ein wenig umständlich, weil sie sich immer hin- und herdrehen muss, aber dafür hat das Schwänzchen einen exzellenten Strich. Und nun möchte Sister X natürlich gern wissen, wie ihre Kollegen malen. Darum will sie sich die Gemäldeausstellung ansehen. Bekommen wir nun das Zimmer, junger Mann?«

»Gnädige Frau! Bitte!«, hauchte Rüdiger. »Ich glaube Ihnen alles, was Sie mir erzählt haben, aber ich darf nicht –«

»Gibt es Probleme, Rüdiger?«, fragte plötzlich eine Stimme hinter uns.

Der arme Rüdiger wäre vor Freude fast in die Luft gesprungen. »Herr Direktor! Danke, dass Sie hier sind! Diese Dame hat ein malendes Schaf mit Sonnenbrille. Und das kommt von einem anderen Planeten. Aber für Außerirdische haben wir doch eine Tierpension – ich meine natürlich, wir haben für Tiere eine außerirdische –«

»Schon gut, Rüdiger«, sagte der Mann. »Beruhigen Sie sich erst einmal.«

Der Mann sah so aus, wie ich mir einen Direktor immer vorgestellt hatte. Er war noch vornehmer als alle anderen, die wir bisher in diesem Hotel gesehen hatten. Er hätte auch ein Prinz oder ein König sein können.

»Sie sind sicher Amanda X«, sagte der Prinz mit einem vornehmen Lächeln.

»Die bin ich. Und das ist mein Schaf. Es heißt Sister X und ist –«

»Ich weiß, gnädige Frau. Frau von Hoppenstedt hat mir Ihren Besuch angekündigt. Es ist zwar nicht üblich, Tiere mit auf unsere Zimmer zu nehmen, aber bei Ihnen machen wir gern eine Ausnahme. Frau von Hoppenstedt hat sich sehr dafür eingesetzt. Mein Name ist übrigens Kimpenski. Ich bin der Direktor dieses Hauses.« Er hielt Amanda seine vornehme Hand hin.

Die nahm sie auch gleich und schüttelte sie heftig. »Ach, die gute Eleonore! Auf sie ist immer Verlass!«

»Geben Sie den Herrschaften bitte ihre Schlüssel, Rüdiger«, sagte Herr Kimpenski.

»Gewiss, Herr Direktor«, sagte Rüdiger beflissen und

schob zwei Zimmerschlüssel über die Theke. Dabei ließ er Sister X nicht aus den Augen.

»Frau von Hoppenstedt wartet in der Bar auf uns«, sagte Herr Kimpenski. »Trinken Sie eine Tasse Kaffee mit uns. Sie scheinen ja eine sehr interessante Person zu sein. Ich möchte gern mehr erfahren.«

»Mit dem größten Vergnügen, lieber Herr Direktor!«, rief Amanda. »Haben Sie auch ein Mandellikörchen?«

Mandellikör mag Amanda mindestens so gern wie Blümchen und ich Gummibärchen.

»Darf Sister X auch mitkommen?«, fragte Blümchen.

»Sicher«, schmunzelte Herr Kimpenski mit einem Blick auf Sister X.

»Und was ist mit unseren Koffern?«, fragte ich.

»Die werden selbstverständlich aufs Zimmer gebracht«, antwortete Herr Kimpenski.

»Selbstverständlich«, brachte ich heraus.

»Darf ich eine Pause machen, Herr Direktor?«, fragte Rüdiger mit zitternder Unterlippe.

Der Hotelkönig nickte seinem Untertanen huldvoll zu.

Bars in vornehmen Hotels kannte ich bis dahin nur vom Fernsehen. Als wir nun selbst in einer saßen, stellte ich fest, dass es noch viel beeindruckender war, als ich es mir vorgestellt hatte. Es ging hier noch ein wenig vornehmer und leiser zu als in der Hotelhalle.

Amanda und Eleonore schienen sich wie zu Hause zu fühlen. Amanda erzählte dem interessiert zuhörenden

Herrn Kimpenski von ihrem und unserem Leben und natürlich vom Geisterkränzchen.

»Aber das Leben eines Hoteldirektors ist sicher auch sehr aufregend«, meinte Amanda schließlich.

»Es ist langweiliger, als es sich viele Leute vorstellen«, meinte Herr Kimpenski. »Es sei denn, man hat die Möglichkeit, eine wertvolle Bildersammlung ausstellen zu dürfen.«

»Ich kann es gar nicht abwarten, einen Blick auf die Kunstwerke zu werfen!«, rief Eleonore.

Blümchen und ich sahen uns an. Ich fragte mich, warum die Erwachsenen einen solchen Aufstand wegen ein paar alter Schinken machten.

Herr Kimpenski stand auf. »Wissen Sie was?«, sagte er. »Lassen Sie uns zum Ausstellungsraum gehen. Vielleicht haben wir Glück und die Polizei lässt uns mal reinschauen, auch wenn die Ausstellung erst morgen eröffnet wird.«

»Das würden Sie für uns tun?«, jauchzte Eleonore. »Wie galant!«

»Vielleicht treffen wir dort Rickis Vater«, meinte Amanda. »Der ist nämlich Kommissar und bewacht die Sammlung.«

»Ach, tatsächlich?«, fragte Herr Kimpenski und sah mich irgendwie komisch an.

»Die Sammlung gehört Mr Moosbacher«, erklärte uns Herr Kimpenski, als wir ihm durch die Flure des Hotels folgten. »Er wurde hier ganz in der Nähe geboren, ist aber schon als junger Mann nach Australien ausgewandert. Dort hat er sein Glück gemacht und ist sehr reich geworden. Einen großen Teil seines Vermögens hat er für Bilder ausgegeben, die er jetzt in ganz Europa ausstellt.«

»Und wie ist er auf Südstrand und Ihr Hotel gekommen?«, fragte Eleonore.

»Darauf bin ich besonders stolz!«, strahlte Herr Kimpenski. »Eigentlich habe ich das meiner Freundin zu verdanken. Sie hat mich auf die Idee gebracht.«

»Guten Tag, Herr Kimpenski«, empfing uns ein kleiner Mann mit einem gezwirbelten Schnauzbart. Irgendwie erinnerte er mich an die alten Fotos aus der Zeit, als meine Großeltern noch Kinder waren.

»Das ist Kommissar Lieb. Er ist der Polizeichef von Südstrand«, erklärte uns Herr Kimpenski. »Ich würde mit den Damen gern einen Blick auf die Bilder werfen. Dürfen wir?«, fragte er den Zwirbelschnauzer.

»Kommt überhaupt nicht infrage!«, hörte ich eine Stimme hinter uns, die ich leider nur zu gut kannte.

»Kommissar Pauer!«, rief Amanda, ohne sich zu ihm umzudrehen. »Ich habe mich schon gefragt, wann wir wohl –«

»Sie hier? Das darf nicht wahr sein!«

»Ist das dein Vater?«, fragte Herr Kimpenski mich.

»Der?«, rief ich entsetzt. »Nein, das ist Papa!« Ich lief auf Papa zu, der einige Schritte hinter Pauer auf uns zukam, und gab ihm einen Kuss.

»Haben Sie die hierher geholt?«, fragte Papas Kollege gereizt.

»Die sind meine Tochter, ihre Freundin und unsere Haushälterin und die können gehen, wohin es ihnen beliebt«, antwortete Papa ebenso gereizt.

»Ist ja schon gut«, brummte Pauer. »Aber in den Ausstellungsraum dürfen sie nicht!«

»Nun stellen Sie sich nicht so an, Herr Kollege«, meinte Kommissar Lieb und zwirbelte an seinem Schnauzer. »Was soll schon passieren? Schließlich ist Herr Kimpenski –«

»Kein Unbefugter darf den Raum bis morgen betreten – ohne Ausnahme.«

»Lassen Sie es gut sein, Herr Lieb«, meinte Herr Kimpenski. »Wir können uns die Bilder ja morgen ansehen. Sie kommen doch auch zu der Eröffnung?«, fragte er Amanda und Eleonore.

Die beiden nickten begeistert.

»Müssen wir auch?«, fragte ich.

»Ihr dürft selbstverständlich auch kommen.«

»Oh, danke«, sagte Blümchen und verdrehte die Augen.

»Wir sehen uns später!«, rief Papa uns noch zu, dann machten wir uns mit Herrn Kimpenski wieder auf den Rückweg.

»Bilderausstellung«, flüsterte Blümchen mir zu, als wir auf dem Weg zurück zur Hotelhalle waren. »Das wird bestimmt stinklangweilig.«

»Bestimmt.«

Als wir aus dem Aufzug stiegen und die Hotelhalle betraten, kam uns jemand entgegen. Eigentlich hätte sie mir gar nicht auffallen dürfen, denn es waren sehr viele Leute dort unterwegs. Sie trug ein langes, weißes Kleid. Aber das war es nicht, warum sie mir unter all den vornehmen Gästen auffiel. Auf eine unerklärliche Art ging ein Leuchten von ihr aus und sie lief, als berührten ihre Füße überhaupt nicht den Boden.

»Ist die schön!«, seufzte Blümchen neben mir.

Durch unseren Hoteldirektor ging ein Ruck. »Fee!«, hauchte er. »Das ist Fee, meine Freundin!« Und schon lief er mit ausgebreiteten Armen auf sie zu und küsste vorsichtig ihre Wange, als wäre sie zerbrechlich.

Eleonore schmolz dahin. »Sind sie nicht ein wunderschönes Paar?«

»Das ist Frau Amanda X und ihre Begleitung«, stellte Herr Kimpenski uns seiner Freundin vor. »Frau von Hoppenstedt kennst du ja bereits.«

Fee betrachtete Sister X. »Ein schönes Schaf«, sagte sie dann mit einem geheimnisvollen Lächeln.

»Nicht so schön wie Sie und Ihr Name, meine Liebe«, sagte Amanda. »Der passt sehr gut zu Ihnen.«

Da hatte sie Recht. Wenn es Märchenfeen gab, dann mussten sie so aussehen.

»Fee wird morgen bei der Eröffnung dabei sein. Sie wird sie gewissermaßen mitgestalten.«

»Tatsächlich?«, fragte Amanda.

»Du übertreibst, wie immer«, sagte Fee und lächelte nun Herrn Kimpenski an. Es hätte mich nicht gewundert, wenn aus seinen Augen kleine Herzchen gesprüht wären.

»Was tun Sie denn bei der Eröffnung?«, fragte Blümchen.

»Ich werde Herrn Hudoni bei seiner Vorstellung assistieren«, antwortete Fee.

Diese Stimme! Ich hätte ihr stundenlang zuhören können.

»Hudoni?«, fragte ich sie deshalb.

»Hudoni ist ein Zauberer«, antwortete leider Herr Kimpenski. So, wie er den Namen aussprach, schien er ihn nicht besonders zu mögen. »Zu unserem Hotel gehört ein kleines Theater. Dort betreibt er ein Varieté«, erklärte der Hoteldirektor weiter. »Er und seine Artisten werden vor der offiziellen Eröffnung der Ausstellung eine Galavorstellung geben.«

»Und Sie sind die Assistentin des Zauberers?«, fragte ich.

Fee nickte. »Früher hatte ich einen eigenen Auftritt – als Akrobatin. Aber dazu bin ich mittlerweile zu alt.«

Ich stieß Blümchen an. »Wie deine Mama.«

Eleonore kräuselte ihre Nase. »Wie können Sie von Alter reden, meine Liebe!«

»Ein Zauberkünstler!«, rief Amanda. »Zaubergalaktisch! Darauf freue ich mich schon!«

Varieté! Artisten! Das war doch was! Die Eröffnung der Bilderausstellung schien doch nicht so langweilig zu werden, wie Blümchen und ich befürchtet hatten.

⁎ 2 ⁎

»Gehen wir jetzt zum Strand?«, fragte ich, als sich Fee und Herr Kimpenski verabschiedet hatten.

»Ihr kommt schon noch zum Strand«, schmunzelte Amanda. »Doch zuerst sollten wir unsere Koffer auspacken.«

Als wir unser Zimmer sahen, das gleich neben dem von Amanda und Sister X lag, waren wir uns gar nicht mehr sicher, ob wir überhaupt zum Strand wollten. Es war fast so groß wie unsere Wohnung zu Hause und mit allen Schikanen ausgestattet: einem riesigen Fernseher, einem noch riesigeren Bett, Minibar, Sessel, zwei Schreibtischen und einem Marmorbad mit zwei Waschbecken. Alles war so schön und edel wie in Eleonores Schloss. Blümchen und ich konnten uns gar nicht satt sehen.

»Wir haben auch einen Balkon!«, rief Blümchen, als wir gerade dabei waren, unsere Sachen auszupacken. Wir stürmten hinaus.

Die Aussicht von dort enttäuschte uns dann aber doch ein wenig. Wir sahen auf den Innenhof des Hotels, genauer gesagt, auf den Swimmingpool.

»Eigentlich gar nicht so schlecht«, meinte Blümchen, als wir schon eine Weile an der Brüstung standen. »Von hier oben kann man die Leute schön beobachten.«

»Ich frage mich, wie jemand den ganzen Tag in der Sonne liegen und sich braten lassen kann«, sagte ich.

In dem Augenblick entdeckte ich etwas Weißes auf einem der Liegestühle – und eine Sonnenbrille.

»Das gibt's doch nicht! Guck dir das an, Blümchen! Sister X! Da liegt ja Sister X auf einem der Liegestühle!«

»Und neben ihr Amanda! Das muss ich von nahem sehen!«

Wir warfen die restlichen Sachen in unseren Kleiderschrank und liefen hinunter. Nachdem wir ein paar Leute gefragt hatten, fanden wir endlich den Weg zum Swimmingpool.

Amanda und Sister X lagen immer noch in den Liegestühlen. Amanda trug die gleiche Sonnenbrille wie Sister X. Jedes Mal wenn jemand an ihnen vorbeilief, schüttelte er den Kopf oder sah sich fragend um, als suchte er jemanden, der ihm das, was er sah, erklärte. Allerdings sprach niemand Amanda an. Dazu waren die Gäste zu vornehm.

»Hier kann Sister X ihre Sonnenbrille ja gut gebrauchen«, meinte Blümchen, als wir neben ihr und Amanda standen.

Amanda schreckte hoch, während sich Sister X nicht stören ließ. Sie schien es hier ebenso zu genießen wie wir.

Amanda sah uns über ihre Sonnenbrille hinweg an.

»Ja, nicht wahr? Allerdings wird es uns allmählich zu warm, fürchte ich.«

»Ihr könntet schwimmen gehen«, sagte ich. »Aber Sister X muss aufpassen, dass ihr Fell nicht einläuft.«

Amanda stand auf und reckte sich. »Ich denke, wir ziehen uns auf unser Zimmer zurück. Und ihr?«

»Wir wollen zum Meer!«, rief ich.

»Endlich!«, rief Blümchen. »Weißt du, wo das ist? Von unserem Zimmer aus sieht man es nicht.«

»Von meinem auch nicht, aber es kann nicht weit sein. Ich kann es riechen«, sagte Amanda. »Fragt doch an der Rezeption. Die wissen es sicher.«

Rüdiger hatte seine Pause wohl beendet. Jedenfalls stand er wieder an der Rezeption. Als er uns entdeckte, zuckte er zusammen und sah sich hektisch um. Wahrscheinlich suchte er Sister X.

»Keine Angst«, beruhigte ich ihn. »Sie sind auf ihrem Zimmer.«

»Na, Gott sei – ich meine natürlich, ganz wie belieben. Was kann ich für die jungen Damen tun?«

Wir fragten ihn nach dem Weg zum Meer und stellten fest, dass Amanda Recht hatte. Es war wirklich nicht weit entfernt.

Zum ersten Mal sahen wir uns ein wenig näher in Südstrand um. Hier war es so, wie man es sich am Meer vorstellt. Kleine bunte Häuser, vor denen Bänke und Stühle standen mit braun gebrannten, gut gelaunten Leuten darauf. Und überall Bäume und Blumen in allen erdenklichen Farben.

»Hier gibt es sogar Palmen!«, rief Blümchen. »Und Kakteen! Davon nehme ich mir einen Ableger als Erinnerung mit!«

Wir bogen in eine kleine Straße ein, so wie Rüdiger es uns beschrieben hatte – und da sahen wir es. Das Meer!

Blümchen blieb stehen und hielt sich die Hand vor den Mund, als hätte sie sich erschreckt. »Wie blau das ist! Und wie das glitzert! Das sieht ja aus wie auf Postkarten und in Reisekatalogen!«

»Warst du noch nie am Meer?«, fragte ich sie.

»Wir haben eigentlich noch nie Urlaub gemacht«, sagte Blümchen und zuckte mit den Schultern. »Kein Geld.«

Daran hatte ich nicht gedacht und schämte mich fast wegen meiner Frage. Frau Wolff hat früher als Seiltänzerin in einem Zirkus gearbeitet. Nachdem sie von dort weggegangen war, hatte sie sich mit schlecht bezahlten Gelegenheitsjobs durchgeschlagen. Seit sie allerdings das Detektivbüro hat, geht es ihr, Blümchen und Opa Schraube zum Glück viel besser.

Wir gingen hinunter zu dem weißen Sandstrand, wo es nicht so vornehm wie in unserem Hotel, dafür aber viel lauter und vor allem fröhlicher zuging. Am liebsten hätte ich mich gleich in die Wellen gestürzt, aber Blümchen wollte erst noch mehr sehen.

Mit großen Augen ging sie neben mir her und schien alles um sie herum wie ein Schwamm aufzusaugen.

Schließlich kamen wir zu einer kleinen Bucht, in der die Wellen meterhoch vor die Felsen schlugen.

Blümchen schloss die Augen und sog die Luft ein. »Ich könnte stundenlang hier stehen«, sagte sie leise. »Eines Tages werde ich hier wohnen. Das weiß ich.«

»Du meinst, wir beide«, sagte ich.

Blümchen knuffte mich in die Seite, dass ich fast das Gleichgewicht verloren hätte. »Das ist doch wohl klar, oder?«

Da sich unsere Mägen meldeten, machten wir uns auf den Rückweg. Ich tröstete mich damit, dass wir in den nächsten Tagen noch genug Zeit haben würden, um im Meer zu baden.

Als wir wieder am Strand waren, sahen wir zwei Männer, die Plakate anbrachten.

Großer Sandburgenwettbewerb!
Der Erbauer der schönsten Sandburg
erhält einen Überraschungspreis!

»Sandburgen bauen«, sagte ich. »So'n Kinderkram. Möchte wissen, wer da mitmacht.«

»Kannst du dir die Leute aus unserem Hotel vorstellen, wie sie mit Eimer und Schaufel im Sand rumbuddeln?«, kicherte Blümchen.

Bei der Vorstellung hatten wir für den Rest des Weges etwas zu lachen.

In der kleinen Straße, von der aus wir das Meer zum ersten Mal gesehen hatten, drehte sich Blümchen noch einmal um und seufzte. Die Sonne ging gerade unter. Ich kann mir nicht vorstellen, dass etwas schöner aussehen kann.

In der Hotelhalle kam uns Amanda entgegen.

»Da seid ihr ja! Ich habe euch schon gesucht! Herr Kimpenski hat im Restaurant einen Tisch für Eleonore und uns reservieren lassen.«

Als wir an Rüdiger vorbeikamen, versuchte er sich hinter seinem Computer zu verstecken. Die Leute in dem Hotelrestaurant schienen allerdings über Sister X Bescheid zu wissen. Jedenfalls sagten sie nichts, obwohl sie Amandas Schaf nicht gerade freundlich betrachteten. Auch die anderen Gäste des Restaurants tuschelten und schüttelten ihre vornehmen Köpfe.

Eleonore wartete schon an unserem Tisch. Der stand in einer Ecke, wo wir allein waren und wo uns, aber vor allem Sister X, niemand sehen konnte.

»Guck dir mal das viele Besteck an«, flüsterte Blümchen mir zu, als wir uns setzten. »Ich frag mich, wozu man das alles braucht. Hoffentlich blamieren wir uns nicht.«

Eleonore lächelte huldvoll. »Keine Angst, mein Kind. Achte einfach darauf, was ich tue, dann kannst du nichts falsch machen.«

Wie drei Geister standen plötzlich Kellner in weißen Jacken hinter mir, Blümchen und Amanda und drückten uns den Stuhl in die Kniekehlen. Im selben Augenblick stand ein vierter Geist neben uns. Der trug allerdings einen Smoking mit Fliege.

»Die Herrschaften möchten wählen?«, näselte er.

»In der Tat, Gaston! In der Tat!«, freute sich Eleonore. »Was hat der Küchenmeister heute Gutes zu bieten?«

»Haben die hier alle nur Vornamen?«, flüsterte Blümchen mir zu.

»Wahrscheinlich. Wie bei den Sklaven früher«, flüsterte ich zurück.

Kurz darauf waren Gaston und Eleonore in ein Gespräch vertieft, in dem es wohl ums Essen ging. Für Blümchen und mich hörte es sich allerdings wie Chinesisch an. Irgendwann hatte Eleonore alles bestellt. Gaston und sie waren sichtlich zufrieden und die Geister verschwanden so lautlos, wie sie gekommen waren.

»Oh Mann«, flüsterte Blümchen mir zu. »Hier kriege ich keinen Bissen runter.«

So schlimm wurde es dann aber doch nicht. Es schmeckte sogar. Nicht ganz so gut wie bei Amanda, aber immerhin. Als Papa kam, waren wir gerade beim Nachtisch. Es gab Eis, das man aber nicht so nannte, mit Schokoladenkrümeln, die auch nicht so hießen, und Keksen, die selbstverständlich auch einen anderen Namen hatten.

Papa sah sich um. »Vornehm geht die Welt zugrunde. Donnerwetter! Nicht schlecht. Da könnte man neidisch werden. In unserem Hotel gab es heute Abend Spiegeleier und Bratkartoffeln.«

»Lecker!«, riefen Blümchen und ich wie aus einem Mund.

Nachdem wir Papa eine Weile von unserem Hotel und

vor allem vom Meer vorgeschwärmt hatten, beugte sich Eleonore ein wenig zu ihm vor.

»Lieber Herr Kaminski«, flüsterte sie. »Können wir nicht vielleicht doch heute Abend schon einen klitzekleinen Blick auf die Gemälde werfen?«

Papa zuckte mit den Schultern. »Ich hätte nichts dagegen. Aber an Pauer kommt ihr nicht vorbei. Das habt ihr ja gemerkt. Und dieser Schimmel ist fast noch schlimmer.«

»Wer ist denn Schimmel?«, fragte ich.

»Der ist der Assistent oder so was von Mr Moosbacher. Auf jeden Fall trägt er immer seine Aktentasche. Er ist für die Sicherheit der Sammlung verantwortlich. Zumindest sagt er das ständig. Dieser Mr Moosbacher ist ja ganz nett, aber sein Schimmel geht mir mit seinem Gemecker ziemlich auf die Nerven.«

»Was gefällt ihm denn nicht?«, fragte Amanda.

»Die Sicherheitsvorkehrungen sind ihm zu lasch. Wenn man ihn hört, könnte man meinen, wir würden die englischen Kronjuwelen bewachen.«

»Dann müsste er sich mit Pauer ja gut verstehen«, sagte ich.

»So ist es auch!«, lachte Papa. »Die beiden haben sich gesucht und gefunden!«

Am nächsten Morgen war Strand angesagt. Zu unserer Überraschung kam Amanda mit uns. Eleonore hatte es vorgezogen, sich auf ihr Zimmer zurückzuziehen.

»Am Strand ist es mir zu voll«, hatte sie gemeint. Aber

wahrscheinlich war es ihr dort nicht vornehm genug.

Als wir uns zusammen mit Sister X im Sand niederließen, kamen die Kinder in Scharen zu uns gelaufen. Erst hielten sie sich in sicherer Entfernung, aber dann verloren sie ihre Angst und die arme Sister X konnte sich vor streichelnden Kindern kaum retten. Sister X ließ alles über sich ergehen, aber wir merkten ihr deutlich an, wie genervt sie war.

Endlich erlöste Amanda sie. »Ich denke, wir tun es Eleonore gleich und ziehen uns ein wenig zurück«, meinte sie.

»Wahrscheinlich legen sie sich wieder an den Pool«, meinte Blümchen, als sie gegangen waren.

Für den Rest des Tages hatten wir unsere Ruhe und konnten tun und lassen, was wir wollten: schwimmen, sonnen und einfach nur faulenzen! Es war super! Wenn wir nicht zu der Eröffnung der Bilderausstellung gemusst hätten, wären wir wahrscheinlich bis zum Sonnenuntergang am Strand geblieben.

Als wir in die Hotelhalle kamen, fielen uns gleich die vielen Polizisten auf, die dort überall herumstanden. Ihren Gesichtern nach zu urteilen, schienen sie sich nicht besonders wohl zu fühlen.

Als wir in den Aufzug steigen wollten, mussten wir den Zimmerausweis vorzeigen, den wir zusammen mit dem Zimmerschlüssel von Rüdiger bekommen hatten.

»Die Bilder müssen ja wirklich wertvoll sein«, sagte ich zu Blümchen.

»Oder dieser Moosbacher und sein Schimmel wollen nur angeben«, erwiderte meine Freundin.

Wir gingen in unser Zimmer, sprangen unter die Dusche und zogen uns an.

Amanda und Sister X holten uns ab. Amanda hatte sich mächtig in Schale geworfen. Sogar ihr graublonder Wuschelkopf sah beinahe wie eine richtige Frisur aus.

»Sollen wir uns umziehen?«, fragte Blümchen und sah an sich herunter.

»Das ist nicht nötig«, antwortete Amanda. »Für Kinder gelten andere Regeln.«

Eleonore schien da wohl nicht ihrer Meinung zu sein. Jedenfalls musterte sie uns mit hochgezogenen Augenbrauen, als wir sie in der Eingangshalle trafen.

»Herr Kimpenski hat mir die offiziellen Einladungsschreiben übergeben«, sagte sie dann aber nur und drückte jedem von uns eine Karte, die mit goldenen Buchstaben bedruckt war, in die Hand. »Für Sister X hat er mir keine Einladung gegeben. Musst du sie denn wirklich mitnehmen, liebe Amanda?«

Amanda sah ihre Freundin verständnislos an. »Natürlich kommt sie mit. Du weißt doch, wie sehr Sister X sich für Kunst interessiert.«

»Wie du meinst, meine Liebe«, seufzte Eleonore. »Dann lasst uns zum Varietétheater gehen. Ich habe Rüdiger bereits nach dem Weg gefragt.«

Eleonore führte uns durch einige Gänge des Hotels und schließlich standen wir in einem Raum, in dem sich Scharen von herausgeputzten Leuten vor einer Garderobe drängten. Auf der anderen Seite stand über einer goldverzierten Tür *Hudonis Zauberwelt*.

Jeder, der durch diese Tür wollte, wurde von Polizisten kontrolliert. Ich sah mich nach Papa und Herrn Pauer um, konnte sie aber nicht entdecken. Wahrscheinlich waren sie in dem Ausstellungsraum, wo nach der Vorstellung die Bilderausstellung offiziell eröffnet werden sollte.

»Ich bin mal gespannt, ob wir mit Sister X ins Theater kommen«, flüsterte ich Blümchen zu.

Zunächst ging alles gut. Der Polizist am Eingang kontrollierte unsere Einladung und nickte uns freundlich zu. Doch dann fiel sein Blick auf Sister X.

»Was ist das denn?«, rief er.

»Ein Schaf«, meinte Amanda. »Genauer gesagt, ein außerirdisches Schaf.«

»Ich sehe auch, dass das ein – außerirdisch? Gehören Sie zu den Artisten?«

»Leider nicht«, antwortete Amanda. »Allerdings sind Sister X und ich schon einmal in einem Zirkus aufgetreten.«

Blümchen stieß mich an. Daran erinnerten wir uns noch sehr gut. Wir waren sogar Amandas Assistentinnen gewesen.

»Ich könnte Herrn Hudoni fragen. Vielleicht lässt er uns ja mitspielen.«

»Ja – äh – ich weiß nicht«, stotterte der arme Polizist.

»Was ist da los?«, kreischte eine schrille Stimme hinter uns. »Warum geht es nicht weiter? Wir haben einen Zeitplan!« Ein bleicher, dünner Typ kam auf uns zu.

»Ich habe hier ein kleines Problem, Herr Schimmel«, sagte der Polizist.

»Problem? Dann lösen Sie – was ist das denn?«

Als der Typ neben uns stand, konnte ich mir gut vorstellen, dass er Papa nervte und sich mit Pauer gut verstand.

Amanda lächelte den Assistenten von Mr Moosbacher freundlich an. »Wie ich dem Polizisten bereits erklärt habe, handelt es sich bei Sister X um ein außerirdisches –«

»Das ist mir egal!«, kreischte Herr Schimmel. »Das kommt überhaupt nicht infrage! Ein Schaf bei einer Bilderausstellung! Wo gibt's denn so was!«

Ein Mann mit schneeweißen Haaren kam aus dem Theater.

»Warum schreien Sie so, Herr Schimmel?«

Durch das nervöse Klappergestell ging ein Ruck und dann verbeugte es sich leicht. »Oh, Mr Moosbacher! Bitte entschuldigen Sie. Aber stellen Sie sich vor, diese Leute wollen ein Schaf zur Ausstellungseröffnung mitnehmen!«

Mr Moosbachers Blick fiel auf Sister X. Dann huschte ein Lächeln über sein Gesicht. »In Australien gibt es viele Schafe«, sagte er.

»Das ist uns bekannt, lieber Mr Moosbacher«,

strahlte Amanda. »Sister X würde sie auch gern einmal besuchen, aber leider sind wir bisher noch nicht dazu gekommen.«

»Die tragen dort aber keine Sonnenbrille.«

»Sister X ist ja auch außerirdisch!«

Mr Moosbachers Lächeln wurde breiter. »Außerirdisch. Na, wenn das so ist. Lassen Sie sie durch, Herr Schimmel.«

»Aber Mr Moosbacher!«, kreischte der Bleichling.

»Schafe sind friedliche Tiere«, sagte Mr Moosbacher. »Es wird die Veranstaltung nicht stören.«

Herr Schimmel verbeugte sich noch ein wenig tiefer. »Ganz wie Sie wünschen, Mr Moosbacher.«

Mit hoch erhobenem Kopf stolzierte Amanda an dem Polizisten vorbei, der sichtlich Mühe hatte, sich das Lachen zu verkneifen.

Als sie schon fast durch die Tür war, drehte sie sich noch einmal um. »Ihr Chef ist ein sehr kluger Mann, Herr Schimmel.«

Das Theater war nicht besonders groß und sah eigentlich auch gar nicht wie ein Theater aus. Wenn die Bühne nicht gewesen wäre, hätte man es für ein Restaurant halten können. Auf den Tischen, die überall im Raum verteilt waren, lagen weiße Tischdecken mit Gläsern darauf. Dazwischen waren Namensschildchen aufgestellt.

»Varietéluft!«, seufzte Amanda. »Wie ich das liebe!«

Die meisten Tische waren schon besetzt und wir mussten eine Weile suchen, bis wir den Tisch mit unseren Namen darauf gefunden hatten.

Kaum waren wir in den bequemen Sesseln versunken, standen auch schon wieder zwei Geister in weißen Jacken neben uns und fragten uns, was wir trinken wollten. Blümchen und ich bestellten eine Cola und Eleonore einen Wein, bei dessen Namen ich mir schon die Zunge abgebrochen hätte.

»Hätten Sie wohl ein Mandellikörchen für mich?«, fragte Amanda.

»Selbstverständlich, gnädige Frau«, antwortete der Geist. »Und für das Schaf ein Schälchen Wasser?«

»Ein gutes Haus!«, strahlte Amanda, als der Geist verschwunden war.

»Jetzt bin ich ja mal gespannt«, flüsterte Blümchen mir zu, als das Licht im Zuschauerraum, bis auf die kleinen Lämpchen auf den Tischen, erlosch und die Bühne im selben Augenblick von bunten Scheinwerfern angestrahlt wurde.

Das Reden und Lachen der Zuschauer wurde leiser und verstummte ganz, als sich der Vorhang öffnete.

Plötzlich gab es einen lauten Knall und die Bühne war mit dichtem Nebel verhüllt. Blümchen schrie vor Schreck leise auf, so wie einige andere Zuschauer auch. Als sich der Nebel allmählich verzog, stand ein Mann mit ausgebreiteten Armen auf der Bühne.

∗ 3 ∗

»Das ist Hudoni, der Zauberer«, sagte Eleonore leise zu Amanda.

»Zaubergalaktisch!«

»Ich finde, er sieht unheimlich aus«, meinte Blümchen.

Da hatte meine Freundin Recht. Der Mann auf der Bühne hatte ein schmales, langes Gesicht mit einer riesigen Hakennase. Mit seinen pechschwarzen langen Haaren und dem ebenso schwarzen Umhang, der bis auf den Boden reichte, erinnerte er mich an Graf Dracula.

»Willkommen in Hudonis Zauberwelt«, sagte er.

Mir lief ein kalter Schauer über den Rücken. Soweit ich sehen konnte, benutzte er kein Mikrophon und seine Stimme war auch nicht sehr laut. Aber sie war so durchdringend, dass man jedes Wort bis in den hintersten Winkel des Raumes hören konnte.

»Ein echter Künstler«, flüsterte Amanda. »Das sehe ich auf einen Blick.«

»Lassen Sie sich entführen, meine Damen und Herren!«, rief Graf Dracula. »Entführen in Hudonis Zauberwelt! In meine Welt!«

Dann wieder ein Knall, Nebel und weg war er.

»Dem möchte ich nicht im Dunkeln begegnen«, sagte ich mehr zu mir selbst.

»Ich finde ihn faszinierend!«, entgegnete Eleonore mit leuchtenden Augen und schüttelte sich. »So schön gruselig!«

Wir hatten keine Zeit, noch lange über den gruseligen Hudoni nachzudenken, denn schon begann die Vorstellung. Und die war wirklich faszinierend, wie Eleonore sagen würde.

Zuerst trat Lian Schling auf. Sie war kaum größer als ich und fast noch dünner. Ich habe noch nie einen Menschen gesehen, der gelenkiger war als sie. Ich konnte kaum glauben, wie sie sich biegen und verdrehen konnte.

»So schlank möchte ich auch noch einmal sein«, seufzte Eleonore.

»Und so gelenkig«, seufzte Amanda.

Zum Schluss ihrer Vorstellung packte Lian Schling sich selbst in eine winzig kleine Kiste und schloss den Deckel von innen. Unter tosendem Applaus wurde sie von zwei muskelbepackten Riesen von der Bühne getragen.

Die beiden Muskelmänner waren dann auch als Nächste an der Reihe. Sie wurden von Hudonis durchdringender leiser Stimme vorgestellt, ohne dass man ihn selbst auf der Bühne sah. Sie hießen Hans und Franz und waren, wenn man Hudoni glauben konnte, Zwillinge.

»Wie Elsbeth und Hedwig!«, kicherte Eleonore.

»Sie sehen nur ein wenig anders aus«, kicherte Amanda.

Was Hans und Franz zu bieten hatten, war schon bei ihrem Anblick klar. Sie stemmten sich selbst und alles mögliche schwere Zeug in die Höhe. Ich fand es ziemlich langweilig und auch Blümchen gähnte ab und zu. Aber dann holten sie zwei Männer aus dem Publikum auf die Bühne. Die hatten sie wohl mit Absicht ausgesucht, denn beide hätten gut eine Abmagerungskur vertragen können. Ich hatte damit gerechnet, dass Hans und Franz jeweils einen von ihnen in die Höhe heben wollten. Doch ich hatte mich getäuscht. Einer von beiden, wer Hans und wer Franz war, hatte ich noch nicht herausgefunden, stemmte beide Schwergewichte. Wieder brauste Applaus auf, Hans und Franz verbeugten sich etwas ungelenk und verschwanden hinter der Bühne.

Und schon kündigte Hudoni den nächsten Artisten an. Er hieß Luigi Linguini. Mit einem breiten Grinsen stürmte er auf die Bühne, wobei er sechs Bälle in der Luft herumwirbelte.

»Ein Jongleur«, flüsterte Eleonore.

»Ach, tatsächlich?«, fragte Amanda schmunzelnd.

Es gab kaum etwas, mit dem Luigi Linguini nicht jonglierte: Bälle, Zigarrenkisten, Gläser, Flaschen, Hüte, Lampen, Stühle und zum Schluss sogar mit Messern. Das sah ziemlich gefährlich aus und war es wohl auch. Einmal griff er deneben und ein Messer flog unter dem Aufschrei des Publikums haarscharf an seinem Kopf vorbei. Doch dann probierte er es noch einmal und dieses Mal klappte es.

Als auch Luigi seinen verdienten Applaus bekommen hatte, kündigte Hudoni als Nächsten Ali Bubu an.

»Hört sich an wie aus Tausendundeiner Nacht«, meinte Eleonore.

»Vielleicht erzählt er ja Märchen«, meinte Amanda.

Sie irrte sich. Ali Bubu war Schlangenbeschwörer. In einem arabischen Kostüm, mit einer Flöte und einem Korb unter dem Arm, betrat er die Bühne. Er stellte den Korb auf den Boden, setzte sich im Schneidersitz davor und kündigte an, dass er nun seine Schlange Sissi aus dem Korb locken wolle.

»Sissi! Komischer Name für eine Schlange«, sagte Eleonore.

»Der Name Sister X ist auch ungewöhnlich«, erwiderte Amanda.

»Haben Schafe nicht Angst vor Schlangen?«, fragte Eleonore.

»Gewöhnliche Schafe schon«, antwortete Amanda nur.

Tatsächlich sah Sister X interessiert zur Bühne, jedenfalls soweit ich es trotz Sonnenbrille beurteilen konnte.

Ali Bubu nahm den Deckel von Sissis Korb und begann zu spielen. Es war schrecklich! Ich fragte mich, wie jemand einer Flöte so schräge und falsche Töne entlocken konnte. Doch dann kam Sissi aus dem Korb, wahrscheinlich weil sie das Flötenspiel ihres Meisters nicht mehr ertragen konnte.

»Eine Kobra!«, flüsterte Eleonore aufgeregt. »Die sind doch giftig!«

»Das arme Tier hat sicher keine Zähne mehr«, sagte Amanda, »und muss sich von Haferbrei ernähren.«

Sissi schlängelte sich höher und höher, und Ali Bubu spielte und spielte. Er kannte kein Erbarmen. Allerdings schien er irgendwann von seinem eigenen Spiel müde zu werden. Immer wieder verdrehte er die Augen. Und schließlich war er tatsächlich für einen Augenblick weggetreten und Sissi musste ihn mit einem Stupser wecken. Dann hatte sie aber augenscheinlich die Nase voll und verschwand wieder in ihrem Korb.

Ali Bubu erhob sich und das Publikum applaudierte brav. Die meisten wahrscheinlich deshalb, weil sie froh waren, dass er endlich zu spielen aufgehört hatte.

Der Schlangenbeschwörer hatte noch nicht ganz die Bühne verlassen, da ertönte ein lauter Trommelwirbel.

»Und nun kommen wir zum Höhepunkt des heutigen Abends, meine Damen und Herren! Lassen Sie sich verzaubern! Von mir! Von Hudoni, dem größten Magier der Welt!«

Ein Angeber war er also auch noch. Allerdings verzichtete Hudoni bei seinem Auftritt dieses Mal auf Nebel und Knall. Dafür war Fee in einem weißen Gewand bei ihm. Neben dem unheimlichen Zauberer sah sie noch schöner und geheimnisvoller aus als beim ersten Mal, als wir sie getroffen hatten.

»Eine zaubergalaktische Kombination!«, rief Amanda.

»In der Tat!«, rief auch Eleonore. »Schwarz und weiß!«

»Gut und Böse«, sagte ich.

»Himmel und Hölle«, sagte Blümchen und schüttelte sich.

Auch wenn wir den Zauberer unheimlich und nicht gerade sympathisch fanden, seine Zaubervorstellung war zaubergalaktisch, wie Amanda sagen würde. Er ließ alle möglichen Dinge verschwinden und holte sie wieder hervor, zersägte die arme Fee und ließ sie über die Bühne schweben.

»Wenn ich nur wüsste, wie er das macht«, sprach Eleonore mir aus der Seele.

»Wenn du das wüsstest, wäre er ja kein Zauberkünstler«, erwiderte Amanda.

»Und nun, meine Damen und Herren, kommen wir zum Höhepunkt meiner Vorstellung!«, kündigte Hudoni an.

Fee verließ die Bühne. Im selben Augenblick wurde ein Behälter, der mit einem großen Tuch bedeckt war, herabgelassen, bis er kurz über dem Boden schwebte.

Mit einem Ruck zog Hudoni an dem Tuch. Darunter verbarg sich ein Käfig, in dem die strahlende Fee stand.

»Wie ist sie denn so schnell dort hineingekommen?«, flüsterte Eleonore.

»Durch Zauberei«, antwortete Amanda und zwinkerte Blümchen und mir zu.

Ebenso wie bei den anderen Zaubertricks hatte ich keine Ahnung, wie Fee das geschafft haben könnte. Sie war noch am Ausgang der Bühne zu sehen gewesen, als der Käfig schon herabgelassen wurde. Außerdem hatte ich irgendwie das Gefühl, dass da etwas nicht stimmte. Nur was? Bevor ich noch richtig darüber nachdenken konnte, warf Hudoni das Tuch wieder über den Käfig. Er breitete seinen Vampirumhang aus und murmelte etwas, das wahrscheinlich eine Zauberformel sein sollte. Dann zog er wieder an dem Vorhang – und Fee war verschwunden!

Das Publikum war begeistert. Hudoni verbeugte sich brav. Das heißt, er knickte in der Mitte ein wenig ein. Und schon warf er wieder das Tuch über den Käfig. Vampirumhang – Zauberformel – das Tuch flog vom Käfig – und er war immer noch leer!

Hudoni sah sich verwirrt um und im Publikum machte sich Tuscheln breit. Doch dann wiederholte er das Ganze noch einmal. Und da stand sie wieder und strahlte!

Nun tobte das Publikum. Sogar Amanda klatschte, dass ihre Wuschellöckchen wackelten.

»Wenn ich es nicht selbst gesehen hätte!«, rief Eleonore in den Lärm hinein.

Amanda nickte. »Er ist eben ein großer …«

Noch bevor Amanda ihren Satz beenden konnte, knallte es. Es war zwar nicht ganz so laut, wie bei Hudonis erstem Auftritt und schien auch nicht von der Bühne zu kommen. Dafür war es im selben Augenblick stockdunkel.

Mit einem Schlag war es still. Wahrscheinlich dachten

die meisten Leute, es gehöre zu Hudonis Show. Als es aber dunkel blieb, machte sich wieder beunruhigtes Tuscheln breit. Jemand schrie sogar und irgendwo sprangen Leute auf. Das genügte, um den Zuschauerraum in ein Chaos zu verwandeln. Überall kreischten Leute und rannten durcheinander.

Zum Glück gingen kurz darauf wieder einige Lichter an. Ein Blick auf die Bühne genügte, um zu sehen, dass der Knall und die Dunkelheit tatsächlich kein Trick von Hudoni waren. Mittlerweile standen nicht nur er, sondern auch seine Artisten auf der Bühne. Sie schienen genauso beunruhigt zu sein wie das Publikum.

Mit lautem Rattern schloss sich der Vorhang und Herr Kimpenski sprang kurzerhand auf die Bühne.

»Meine Damen und Herren! Bitte beruhigen Sie sich!«, rief er. »Bleiben Sie auf Ihren Plätzen! Es besteht kein Grund zur Panik! Es handelt sich um einen kleinen technischen Defekt, der sicher bald behoben ist!«

Das schien die Leute tatsächlich zu beruhigen. Allmählich wurde es leiser. Ich sah mich um. Mr Moosbacher war von einigen Typen umstellt, die Hans und Franz gut Konkurrenz hätten machen können.

»Das sind wohl seine Leibwächter«, flüsterte Blümchen mir zu.

»Da ist Papa!«, rief ich.

Er kämpfte sich gerade, gemeinsam mit Kommissar Pauer und Herrn Lieb, zur Bühne vor.

»Die Bilder!«, kreischte Herr Schimmel, als er die Polizisten sah. »Jemand hat es auf die Bilder abgesehen!«

Der Tumult im Zuschauerraum wurde wieder lauter.

Pauer war als Erster auf der Bühne. »Keiner verlässt den Raum!«, brüllte er das Publikum an, worauf einige Frauen hysterisch aufschrien.

»Nun beunruhigen Sie die Leute doch nicht noch«, fuhr Herr Lieb Papas Kollegen an. »Außerdem ist das ja wohl meine Sache. Schließlich bin ich für Südstrand verantwortlich.«

»Aber ich leite die Untersuchung!«, rief Pauer. »Schließlich geht es hier um Bilderraub!«

»Nein!«, kreischte Herr Schimmel auf und fiel in Ohnmacht.

Zwei Leibwächter waren gleich bei ihm und tätschelten ihn wach. Mr Moosbacher stand zwischen ihnen und verzog keine Miene. Nur sein Gesicht schien ein wenig blasser geworden zu sein.

»Komisch«, sagte ich zu Blümchen. »Das scheint ihn gar nicht aufzuregen.«

»Er hat halt genug von den Dingern.«

»Auf jeden Fall wird niemand den Raum verlassen, bevor wir nicht seine Personalien aufgenommen haben!«, rief Kommissar Pauer wieder.

»Also gut«, seufzte Herr Lieb. »Machen Sie, was Sie wollen.«

Er stieg wieder von der Bühne und ging mit Mr Moosbacher, Herrn Schimmel, Herrn Kimpenski und Papa hinaus. Herr Schimmel musste immer noch von den Leibwächtern gestützt werden.

»Unsere Personalien brauchen Sie ja wohl nicht!«, rief Herr Schimmel dann aber trotzdem in Pauers Richtung.

Kommissar Pauer nickte nur kurz. Bei den anderen Gästen machte er seine Drohung allerdings wahr. Jeder, der das Theater verlassen wollte, musste einem Polizisten seinen Namen und seine Adresse sagen.

»Uns kennen Sie ja«, lächelte Amanda Kommissar Pauer an, als wir an der Reihe waren.

»Keine Ausnahme!«

»Also gut«, seufzte Amanda und verdrehte die Augen. »Mein Name ist Amanda X. Ich bin Hellseherin, Medium und Geisterbeschwörerin. Und das ist mein Schaf Sister X. Es ist außerirdisch, wie Sie unschwer an der Sonnenbrille erkennen können.«

»Hauen Sie schon ab!«, presste Kommissar Pauer zwischen den Zähnen hervor, denn der freundliche Polizist, der schon vorhin an der Tür gestanden hatte, war wieder kurz davor, einen Lachkrampf zu bekommen.

»In der Tat ein unangenehmer Mensch, dieser Herr Pauer«, sagte Eleonore leise und rümpfte die Nase.

In der Hotelhalle lief uns Herr Kimpenski über den Weg. Er war völlig aufgelöst und längst nicht mehr so vornehm wie sonst.

»Ist es nicht schrecklich, liebe Frau von Hoppenstedt? Ist es nicht furchtbar schrecklich?«, jammerte er.

»Was ist eigentlich geschehen?«, fragte Eleonore. »Sind wirklich Bilder gestohlen worden?«

»Ach – ach – ach«, stammelte der Hoteldirektor.

»Sie sind ja völlig fertig, Sie Ärmster«, sagte Amanda. »Warum setzen wir uns nicht in Ihre wunderschöne Bar, trinken etwas und Sie erzählen uns in aller Ruhe, was passiert ist?«

Herr Kimpenski sah Amanda zunächst an, als hätte er überhaupt nicht verstanden, was sie gesagt hatte. Doch dann nickte er hektisch.

»Ja, Sie haben Recht, gnädige Frau. Im Augenblick kann ich ja doch nichts ausrichten.«

»Na, sehen Sie«, sagte Amanda, nahm seinen Arm und führte ihn in Richtung Hotelbar.

»So ein armer, armer Mensch!«, seufzte Eleonore.

Die Hotelbar erschien Blümchen und mir noch schöner als bei unserem ersten Besuch. Einer der Geister mit weißer Jacke hatte uns nämlich Gummibärchen besorgt.

»Glauben Sie mir, lieber Herr Kimpenski. Ich fühle mit Ihnen!«, sagte Eleonore und nippte an ihrem Tee. »Ich bin selbst einer Ohnmacht nahe!«

»Danke für Ihr Mitgefühl, liebe Frau von Hoppenstedt. Es ist wirklich furchtbar. Stellen Sie sich vor: Es ist tatsächlich ein Bild gestohlen worden.«

»Echt?«, rief ich. »So ein alter Schinken?«

Die strafenden Blicke des Hoteldirektors erinnerten mich daran, dass ich mir vorgenommen hatte meine große Klappe ein wenig zu zügeln.

»Dieser *alte Schinken*, wie die junge Dame es zu nennen beliebt, war eines der wertvollsten Bilder der Sammlung – ein frühes Werk von Josef Albertus.«

»Den kenn ich nicht«, sagte ich gleich, um mich zu entschuldigen.

»Ich auch nicht. Wer ist das denn?«, fragte Blümchen.

»Mein liebes Kind!«, rief Eleonore. »Du kennst Josef Albertus nicht? Er ist einer der bedeutendsten Maler, die unser Land im vorigen Jahrhundert hervorgebracht hat. Und einer der wichtigsten, ja, wenn nicht der wichtigste Vertreter der schrägen Moderne!«

»Äh – den hatten wir noch nicht in der Schule«, stammelte Blümchen. »War das Bild wertvoll?«

»Das kann man wohl sagen!«, rief Herr Kimpenski. »Experten schätzen das Werk auf einige hunderttausend Euro!«

»Booh!«, rutschte es mir heraus.

»Sind Sie zumindest versichert?«, fragte Amanda.

»Selbstverständlich. Aber das beschafft das Bild nicht wieder. Und dann der Ruf des Hotels! Mein Gott! Ich bin ruiniert!«

»Haben Sie schon mit Mr Moosbacher sprechen können?«, fragte Amanda.

Herr Kimpenski nickte traurig. »Er ist außer sich, wie Sie sich denken können.«

»Danach sah er vorhin aber nicht aus«, sagte ich mehr zu mir selbst.

»Herr Schimmel macht dem Hotel große Vorwürfe wegen der Sicherheitsvorkehrungen, die angeblich nicht ausreichend gewesen wären.«

»Nun ja«, meinte Amanda vorsichtig. »Das sieht ja auch ganz so aus. Wissen Sie schon, wie es passiert ist?«

Herr Kimpenski schüttelte den Kopf. »Nicht genau. Ich weiß nur, dass es einen Kurzschluss gegeben hat.«

»Der Knall!«, rief Blümchen.

»Ja, so ist es. Und der hat nicht nur das Licht gelöscht, sondern auch noch unerklärlicherweise die Feuerlöschanlage in Betrieb gesetzt. Zum Glück wurden die Bilder dadurch nicht beschädigt.«

»Gibt es schon einen Verdächtigen, lieber Herr Kimpenski?«, fragte Eleonore.

Der Hoteldirektor stand auf. »Das weiß ich leider nicht. Alles, was ich weiß, habe ich Ihnen erzählt. Aber entschuldigen Sie mich nun bitte. Ich will nach Fee sehen. Bestimmt haben auch sie die Vorkommnisse arg mitgenommen. Vielleicht kann ich sie beruhigen.«

»Fragt sich, wer wen beruhigen muss«, flüsterte ich Blümchen zu.

Amanda stand auch auf. »Dürfen wir Sie begleiten? Vielleicht erfahren wir ja bei der Gelegenheit mehr über diesen dreisten Diebstahl.«

»Ich wäre Ihnen sogar dankbar, liebe Frau Amanda! Meine Nerven sind ein wenig ... angeschlagen. Da kann ich jede Unterstützung gut gebrauchen.«

Wieder nahm Amanda Herrn Kimpenskis Arm und führte ihn aus der Hotelbar. Wir folgten ihnen durch die Hotelgänge bis zu dem Ausstellungsraum.

Dort war die Hölle los. Überall liefen Polizisten durcheinander, mitten unter ihnen Papa und Kommissar Pauer. Herr Lieb war nirgendwo zu sehen.

»Ist Fee hier?«, fragte Herr Kimpenski vorsichtig.

Erst jetzt wurden Herr Pauer und Papa auf uns aufmerksam. Papa winkte mir gleich zu.

»Das fehlte noch!«, rief Kommissar Pauer. »Das ist Sache der Polizei! Sie haben hier nichts zu suchen!«

»Wissen Sie denn, wo sie ist?«, fragte Herr Kimpenski noch ein wenig vorsichtiger.

»Sehe ich aus wie ein Kindermädchen?«, fuhr Kommissar Pauer ihn an.

»Geht es vielleicht etwas freundlicher?«, schaltete Papa sich ein. »Sie ist wahrscheinlich noch im Varieté«, sagte er dann zu Herrn Kimpenski. »Unser Kollege Lieb kümmert sich um die Künstler.«

»Herr Kimpenski!«, kreischte Herrn Schimmels Stimme durch den Raum. »Ich muss Sie *sofort* sprechen!«

Der arme Hoteldirektor wollte fliehen, doch Herr Schimmel war schneller.

»Ich komme gerade von Mr Moosbacher. Er ist äußerst unzufrieden mit den Sicherheitsvorkehrungen!«

»Ja, das sagten Sie bereits«, seufzte Herr Kimpenski.

»Und er wünscht baldige und lückenlose Aufdeckung dieses skandalösen Vorfalls! Und selbstverständlich die Wiederbeschaffung des Bildes!«

»Ich werde mein Möglichstes tun, Herr Schimmel«, sagte Herr Kimpenski und nahm nun Amandas Arm und zog sie hinaus.

»Pauer und Schimmel«, sagte ich, als wir im Aufzug standen. »Echt ein Traumpaar. Armer Papa!«

Da der Haupteingang des Theaters geschlossen war,

führte uns Herr Kimpenski zum Artisteneingang an der Hinterseite des Theaters. Wie nicht anders zu erwarten, stand dort auch ein Polizist.

»Darf ich bitte durch«, sagte Herr Kimpenski. »Ich bin der Hoteldirektor.«

»Ich weiß«, sagte der Polizist. »Ich darf Sie aber trotzdem nicht hineinlassen.«

»Hören Sie sich das an!«, rief Herr Kimpenski Amanda und Eleonore zu. »Ich bin nicht mehr Herr meines eigenen Hauses!«

Kommissar Lieb steckte seinen Kopf heraus. »Was ist denn – ach, Sie sind es.«

»Jawohl! Kimpenski! Hoteldirektor! Darf ich bitte durch diese Tür treten?«

»Das geht leider nicht«, sagte Herr Lieb mit einem bedauernden Lächeln.

»Aber warum denn nicht?«, fragte nun auch Amanda.

»Das kann ich Ihnen leider nicht sagen. Zurzeit darf niemand hier hinein.«

»Ich will aber zu meiner Freundin! Fee! Sie ist die Assistentin ...«

»Ich weiß, wer sie ist«, unterbrach Herr Lieb ihn. »Auch sie können Sie leider nicht sprechen.«

»Was soll denn das? Verdächtigen Sie sie? Oder haben Sie sie gar verhaftet?«

»Auch das kann ich Ihnen leider nicht sagen.«

»Jetzt reicht es mir! Kommen Sie, meine Herrschaften! Wir gehen wieder in die Bar!«

»Bestimmt verdächtigen sie Fee!«, schimpfte Herr Kimpenski, als wir auf dem Rückweg waren. »Wahrscheinlich weil sie Artistin ist. Die sind ja immer gleich verdächtig! Typisch Polizei!«

»Wir werden wohl nicht mehr mit Ihnen in die Bar kommen. Es ist schon spät«, sagte Amanda.

»Ooch!«, riefen Blümchen und ich.

»Vorher möchte ich Ihnen aber noch einen Vorschlag machen«, sagte Amanda weiter. »Wenn Sie mit der Polizei nicht zufrieden sind, dann beauftragen Sie doch eine Privatdetektei.«

Herr Kimpenski sah Amanda einen Augenblick lang verwundert an. »Die Idee ist nicht schlecht«, sagte er dann. »Nur kenne ich mich damit leider nicht aus.«

»Wir umso besser«, sagte Amanda und zwinkerte uns zu.

»In der Tat!«, rief Eleonore. »Frau Wolff! Blümchens Mutter! Sie ist eine hervorragende Privatdetektivin!«

Herr Kimpenski sah Blümchen und mich an. »Polizist – Privatdetektivin – eine sehr kriminalistische Familie, wie es scheint. Aber gut. Warum nicht? Mir ist alles recht, wenn es nur das Bild wiederbeschafft.«

»In diesem Fall müsste sie ihr Team mitbringen«, sagte Amanda.

»Team? Wie viele sind denn das?«

»Außer Frau Wolff noch sechs«, strahlte Amanda.

Herr Kimpenski schluckte. »Sechs. – Also gut. Ich werde die Zimmer für die Herrschaften reservieren lassen.«

»Zaubergalaktisch!«, freute sich Amanda.

»Mamas Team?«, fragte Blümchen, als Herr Kimpenski in Richtung Hotelbar verschwunden war. »Meinst du Opa und seine Jungs?«

»Und Hedwig und Elsbeth«, schmunzelte Amanda. »Warum sollen sie nicht auch ein paar schöne Tage am Meer verleben? Außerdem habe ich im Gefühl, dass wir sie bei diesem Fall gut gebrauchen können.«

»Klasse, dass Amanda Mama den Job besorgt hat«, freute sich Blümchen, als wir in unserem Bett lagen. »Opa wird sich sicher auch freuen.«

»Vor allem, weil er Günter, Willi und Walter mitbringen darf«, sagte ich.

Günter, Willi und Walter sind Opa Schraubes Boxfreunde. Sie sind, so wie Opa Schraube, wahrscheinlich in der alten Boxhalle geboren worden, in der auch Blümchen trainiert.

»Hoffentlich finden wir das Bild wieder«, seufzte Blümchen.

»Ist schon komisch, dass es ausgerechnet während der Vorstellung gestohlen wurde.«

»Bestimmt war der Kurzschluss kein Zufall.«

Plötzlich fiel mir wieder etwas ein. »Als Fee von der Bühne ging und kurz darauf in diesem Käfig stand, ist mir auf der Bühne etwas seltsam vorgekommen.«

»Was denn?«, fragte Blümchen.

»Ich weiß nicht. Das ist es ja! Aber irgendwas stimmte da nicht. Das weiß ich genau! Und es hatte mit Fee zu tun. Ist *dir* vielleicht was aufgefallen?«

Blümchen überlegte einen Augenblick, dann schüttelte sie den Kopf. »Ich kann mich an nichts Besonderes erinnern – außer dem Zaubertrick natürlich.«

»Mist!«

»Du kannst ja Amanda fragen«, schlug Blümchen vor. »Vielleicht ist ihr etwas auf der Bühne aufgefallen.«

»Mach ich«, sagte ich und gähnte. »Gleich morgen.«

* 4 *

»Tut mir Leid, Ricki. Ich weiß leider auch nicht, was du meinst«, sagte Amanda am nächsten Morgen beim Frühstück, nachdem ich sie gefragt hatte.

Ich klopfte mir mit den Handknöcheln gegen den Kopf. »Mist! Wenn ich doch nur wüsste, was es war!«

»Bestimmt fällt es dir ein, wenn du am wenigsten damit rechnest«, meinte Amanda. »Das geht mir auch oft so.«

»Na, lasst ihr euch das Luxusfrühstück schmecken?«

»Papa!«, rief ich und sprang auf, um ihm um den Hals zu fallen. Es war zwar schön, dass ich den ganzen Tag mit Blümchen und Amanda zusammen sein konnte, aber trotzdem vermisste ich meinen Papa.

»Wollen Sie mit uns frühstücken, lieber Horst?«, fragte Amanda. »Es ist genügend da.«

Papa schüttelte den Kopf. »Nein danke. Ich habe schon die Gummibrötchen und den angetrockneten Käse in meinem Hotel genossen. Das reicht mir.«

Amanda rieb sich die Hände und beugte sich zu Papa vor. »Dann erzählen Sie mal. Bestimmt haben Sie viele interessante Neuigkeiten für uns.«

»Tut mir Leid«, murmelte Papa. »Ich darf nichts sagen. Anweisung von oben.«

»Du meinst von Pauer«, sagte ich.

Papa erwiderte nichts, aber sein Gesicht verriet mir, dass ich Recht hatte.

Damit ließ sich unsere Amanda allerdings nicht abspeisen. »Geben Sie sich einen Ruck, lieber Horst. Wir haben nämlich auch interessante Neuigkeiten für Sie. Informationen gegen Informationen. So macht man das doch bei der Polizei, nicht wahr?«

»Also gut«, seufzte Papa. »Ihr lasst mir sonst ja doch keine Ruhe. Es gibt tatsächlich einiges, das euch interessieren dürfte. Leider auch sehr unangenehme Dinge. Zunächst einmal war der Kurzschluss kein Zufall. Das steht fest.«

»Das haben Blümchen und ich uns schon gedacht!«, rief ich.

»Die komplette Elektroanlage des Hotels wurde lahm gelegt – einschließlich der Alarmanlage.«

»So konnte der Dieb ungestört das wertvolle Gemälde stehlen«, ergänzte Eleonore.

»Na ja«, meinte Papa. »Mehr oder weniger ungestört. Der wahrscheinliche Dieb wurde nämlich von einem Kollegen gesehen.«

»Es gibt einen Verdächtigen?«, rief Amanda. »Wer ist es? Nun machen Sie es doch nicht so spannend!«

»Leider gibt es keinen Verdächtigen«, seufzte Papa. »Der Kollege konnte den Dieb in der Dunkelheit nicht erkennen. Allerdings schien er etwas bei sich zu haben.«

»Er?«, fragte Eleonore. »Ein Mann?«

»Auch das konnte der Kollege nicht erkennen. Es könnte ebenso eine Frau gewesen sein.«

»Und sonst hat niemand den Dieb gesehen?«, fragte Amanda.

Papa schüttelte den Kopf. »Aber das ist nicht unser einziges Problem.«

»Was denn noch?«, fragte ich.

»Von dem Raum, in dem sich die Schaltzentrale der Elektroanlage befindet, in den Ausstellungsraum zu kommen, ist kein Problem. Aber …«

»Aber?«, fragte Amanda, als Papa nicht weitersprach.

»Aber in den Elektroraum zu kommen, ist praktisch unmöglich. Wir haben alles überprüft und nicht nur ein Mal. Jeder mögliche Weg war entweder gut bewacht oder unüberwindbar verschlossen. Ganz abgesehen von der Zeit, die man benötigt hätte. Das Theater liegt nämlich in einem anderen Gebäude.«

»Das Theater?«, fragte ich. »Glaubt ihr, der Dieb ist vom Theater aus in den Ausstellungsraum gekommen?«

Papa kratzte sich am Kopf und seufzte. »Ihr erinnert euch doch sicher daran, dass die Assistentin von Hudoni nach der Vorstellung nicht mehr aufgetaucht ist.«

»Fee!«, rief Blümchen. »Was ist mit ihr?«

»Sie ist weg.«

»Weg?«, fragte ich.

»Ja. Spurlos verschwunden.«

»Denkt ihr etwa, sie sei die Diebin?«

»Zunächst haben wir das schon gedacht. Aber es ist

unmöglich. Zu dem Zeitpunkt, als der Kurzschluss die Alarmanlage ausgeschaltet hat, stand sie auf der Bühne – genauer gesagt, im Käfig. Das haben alle Zuschauer gesehen.«

»Stimmt«, sagte Blümchen.

»Und kurz danach hat mein Kollege in der Nähe des Ausstellungsraumes jemanden gesehen, der aller Wahrscheinlichkeit nach das Bild bei sich trug. Wie sollte sie so schnell dorthin gekommen sein? – Wenn es überhaupt einen Weg gibt. Trotzdem wollen wir auch diese Möglichkeit nicht völlig ausschließen. Auch wenn sie sehr unwahrscheinlich ist.«

»Und warum glaubt ihr dann, der Dieb wäre im Theater gewesen?«, fragte ich.

»Ich kann es mir schon denken«, antwortete Amanda. »Fee könnte bei ihrem Auftritt – oder kurz danach – dem Dieb begegnet sein, ihn vielleicht sogar erkannt haben und …«

»Und?«, fragte ich und wusste gleich, dass ich die Antwort eigentlich gar nicht wissen wollte.

»Der Dieb könnte sie entführt haben«, antwortete Papa trotzdem. »Aus Angst, dass sie ihn verrät. Oder gar Schlimmeres.«

»Schlimmeres?«, rief Blümchen. »Doch nicht etwa –«

»Nein, nein«, unterbrach Papa sie. »Es gibt keinen Hinweis auf ein Gewaltverbrechen. Das sind alles nur vage Vermutungen. Außerdem läuft die Suche nach ihr auf Hochtouren. Bestimmt finden wir sie bald gesund und munter.«

Ich hoffte, dass Papa das nicht nur sagte, um uns zu beruhigen.

»Wollte uns Kommissar Lieb deshalb gestern nicht ins Theater lassen?«, fragte ich. »Konnte Herr Kimpenski nicht mit ihr sprechen, weil sie nicht mehr da war?«

»So ist es.«

»Weiß der arme Herr Kimpenski es schon?«

»Wir haben es ihm heute Morgen gesagt. Darum bin ich auch hier. Seine Nerven liegen ziemlich blank.«

»Der arme, arme Mensch«, seufzte Eleonore.

»Eine schlimme Sache«, meinte auch Amanda. »Da werden wir Gerdas Hilfe gut gebrauchen können.«

»Amanda hat Herrn Kimpenski dazu überredet, Mama auf den Fall anzusetzen!«, rief Blümchen. »Und Opa Schraube und seine Jungs kommen auch!«

»Überzeugt«, verbesserte Amanda sie. »Ich habe ihn überzeugt.«

»Hedwig und Elsbeth kommen selbstverständlich auch«, ergänzte Eleonore.

Papa ließ sich auf seinem Stuhl zurückfallen. »Denkt ihr, das war eine gute Idee? Wenn Pauer das hört, hat er sicher vor Wut Schaum vor dem Mund.«

Amanda setzte ein breites Grinsen auf. »Dann macht die Sache doch erst recht Spaß, oder?«

»Wenn Sie das so sehen«, sagte Papa und versuchte auch zu grinsen.

»Ich habe gestern Abend noch mit ihnen telefoniert«, erzählte Amanda. »Wie nicht anders zu erwarten, kommen sie alle. Sie haben sich sehr gefreut.«

»Gerda auch?«, fragte Papa.

»Sicher«, sagte Amanda mit einem Schmunzeln.

Was das Schmunzeln zu bedeuten hatte, wussten Blümchen und ich genau. Gerda und Papa mögen sich nämlich besser leiden, als sie zugeben wollen. Vor allem Papa läuft vor lauter Schüchternheit jedes Mal knallrot an, wenn Gerda ihm ein wenig näher kommt. Blümchen und ich könnten uns gut vorstellen, nicht nur Freundinnen, sondern auch Schwestern zu sein. Allerdings gibt es da noch etwas, das uns allen ziemlich zu schaffen macht. Wie wir erst vor kurzem herausgefunden haben, sind Blümchens Papa, der als Raubtierdompteur im Zirkus gearbeitet hat, und meine Mama gemeinsam verschwunden. Die meisten glaubten damals, sie hätten sich ineinander verliebt und deshalb ihre Familien im Stich gelassen. Darum wollte Blümchens Mama auch nicht mehr im Zirkus arbeiten. Mittlerweile sind wir uns jedoch nicht mehr sicher, ob es wirklich der Grund für ihr Verschwinden war, dass sie sich ineinander verliebt haben.

»Sieht so aus, als käme eine Menge Arbeit auf uns zu«, sagte Amanda, als Papa wieder gegangen war.

»Wann kommen Mama und die anderen denn?«, fragte Blümchen.

»Sie wollten den Frühzug nehmen. Sie kommen heute Nachmittag hier an. Herr Kimpenski hat einen Bus besorgt, mit dem wir sie am Bahnhof abholen können.«

»Dann ist ja noch Zeit für den Strand!«, rief ich. »Kommst du mit, Amanda?«

»Nein, ich werde mich mit Sister X zurückziehen und ein wenig über alles nachdenken. An dieser Sache erscheint vieles doch sehr rätselhaft.«

Als Blümchen und ich in dem schönen weißen Sand lagen und auf das Meer hinaussahen, das wie immer dunkelblau in der Sonne glitzerte, redeten wir natürlich über nichts anderes als über unseren neuen Fall. Wir mussten Amanda Recht geben. Wenn das stimmte, was Papa gesagt hatte, dann gab es eine Menge offener Fragen: Warum war Fee verschwunden? Und wohin? Wer hatte das Bild gestohlen? Wie war der Dieb überhaupt in den Ausstellungsraum gekommen? Und waren er und Fee sich tatsächlich begegnet?

Wir waren so sehr damit beschäftigt, darüber zu grübeln, dass wir sogar vergaßen schwimmen zu gehen.

»So spät ist es schon?«, rief Blümchen plötzlich. »Wir müssen los! Gleich kommen Mama und die anderen!«

Als wir auf das Hotel zurannten, sahen wir einen Mann bei Amanda und Eleonore stehen. Er musste ungefähr so alt wie Opa Schraube sein.

»Ich bin Pepe!«, lachte uns der Mann an, dessen Gebiss schon einige Lücken aufwies. »Ich bin zwar der schlechteste Busfahrer in ganz Südstrand, dafür habe ich den schönsten Bus!«

»Pepe wird uns zum Bahnhof fahren«, erklärte Amanda uns. »Aber nicht nur das. Herr Kimpenski hat ihn für die ganze Zeit der Ermittlungen engagiert.«

»Hat er, der Herr Kimpenski!«, sagte Pepe und lachte. »Ist ein guter Mann! Ich kann das Geld gebrauchen!«

»In der Tat, ein urwüchsiger Mensch«, raunte Eleonore Amanda zu, als wir Pepe zu seinem Bus folgten. Und der war wirklich schön. Er schien zwar mindestens so viele Jahre auf dem Buckel zu haben wie sein Fahrer, aber dafür leuchtete er in allen möglichen Farben.

»Ist der cool!«, rutschte es mir heraus.

»Cool! Schön cool!«, lachte Pepe. »Das sagen viele!«

»Allerdings ein wenig auffällig«, bemerkte Eleonore. Trotzdem stieg sie mit uns ein.

Auf der Fahrt zum Bahnhof erklärte uns Pepe die Sehenswürdigkeiten von Südstrand. Dabei lachte er bei jedem zweiten Satz.

»Ein glücklicher Mensch«, sagte Amanda mehr zu sich selbst.

»Vielleicht liegt das am Wetter«, meinte Eleonore.

»Ich finde ihn jedenfalls klasse«, sagte ich.

»Ich auch«, stimmte mir Blümchen gleich zu.

Da Blümchen und ich uns verspätet hatten und Pepe wohl auch nicht den kürzesten Weg nahm, warteten Gerda und ihr »Team« schon vor dem Bahnhof.

»Das ist wieder typisch für Sie!«, rief Opa Schraube, als wir aus dem Bus stiegen. »Auffälliger ging's wohl nicht! Aber wenigstens holen Sie uns nicht mit Ihrer Knatterkiste ab!«

»Wie oft soll ich Ihnen noch sagen, dass er auf den Namen Bubi hört«, erwiderte Amanda.

Blümchen und ich kümmerten uns nicht um den Streit zwischen Amanda und Opa Schraube. Blümchen fiel ihrer Mama um den Hals, während ich Opa Schraubes Jungs und den Rest von Amandas Geisterkränzchen begrüßte.

»Schön, dass ihr alle da seid!«, freute sich Amanda. »Hattet ihr eine gute Fahrt?«

»Wenn man so charmante Begleitung hat, ist die Reise immer gut«, antwortete Walter und zeigte auf Elsbeth und Hedwig, die sich wie Schulkinder freuten.

Wer die beiden nebeneinander sieht, Hedwig klein und rundlich und Elsbeth lang und dünn, käme nie auf die Idee, dass sie Zwillinge sind.

Walter steckte trotz der Hitze wie immer in einem piekfeinen Anzug, aus dessen Jacke ein Taschentuch lugte. Die Kleidung von Walter fällt auch deshalb immer so auf, weil Willi in seinem Trainingsanzug und Günter in seinen Jeans mit Bügelfalte so ganz anders aussehen. Und doch halten sie, einschließlich Opa Schraube, wie Pech und Schwefel zusammen.

»Ich bin Pepe!«, lachte Pepe. »Ich bin der schlechteste Fahrer in ganz Südstrand, aber ich habe den schönsten Bus!« Er schüttelte jedem von den Neuankömmlingen lachend die Hand, was bei Opa Schraube und seinen Jungs besonders heftig ausfiel. Man sah ihnen an, dass sie unseren Fahrer vom ersten Augenblick gut leiden mochten.

»Netter Typ«, meinte Willi dann auch gleich, als Gerdas Team lachend und schwatzend in den Bus einstieg. »Der kennt bestimmt jede Menge Kneipen hier.«

Obwohl Willi selbst auch eine Gastwirtschaft hat, steckte da bestimmt nicht nur berufliches Interesse dahinter.

»Was ist das denn für ein Fall, Amanda?«, fragte Gerda, als Pepe seinen Bus in Bewegung setzte. »Sie haben es am Telefon so spannend gemacht.«

»Also schön«, sagte Amanda. »Dann will ich euch mal in Kenntnis setzen. Eine ausgesprochen rätselhafte Sache.«

Während Amanda von dem Bilderraub und dessen seltsamen Umständen erzählte, war es ganz still in dem Bus, bis auf das gleichmäßige Brummen des Motors.

»Das ist wirklich eine rätselhafte Geschichte«, sagte Gerda, als Amanda mit ihrem Bericht fertig war.

»Die Sache mit dieser Fee hört sich gar nicht gut an«, meinte Willi.

»Vielleicht hat sie ja doch etwas mit dem Bilderraub zu tun«, erwiderte Walter.

»Und sie ist einfach nur abgehauen«, ergänzte Opa Schraube.

»Alles, was wir wissen, ist, dass Fee verschwunden ist, genau wie das Bild. Und zwar unter sehr rätselhaften Umständen«, erwiderte Amanda. »Alles andere müssen wir beweisen. Ich schlage vor, dass wir uns gleich treffen, nachdem ihr eure Sachen ausgepackt habt. Dann können wir das weitere Vorgehen besprechen.«

»Und was ist mit dem Strand?«, rief Günter. »Wenn ich schon mal hier bin, will ich auch zum Strand!«

Seine Freunde pflichteten ihm bei.

»Ach, das Meer!«, seufzte Elsbeth. »Wie ich es liebe! Ich kann es kaum erwarten!«

»Können wir den Fall nicht auch beim Abendessen besprechen?«, fragte ich, nicht ganz ohne Hintergedanken. Da Blümchen und ich am Vormittag noch nicht zum Schwimmen gekommen waren, hatte ich auch Lust, zum Strand zu gehen.

»Da habe ich wohl keine Chance«, seufzte Amanda. »Also schön, dann beim Abendessen.«

Als wir am Hotel eintrafen und sich die staunenden Oh- und Ah-Rufe gelegt hatten, bot Pepe an, uns später alle zum Strand zu fahren, was wir natürlich gern annahmen.

»Und benehmen Sie sich bitte!«, schärfte Eleonore Opa Schraube und den Jungs ein, als wir ausstiegen. »Der Hoteldirektor ist ein Freund von mir!«

»Sein Problem!«, rief Opa Schraube und verschwand, wie seine Freunde, laut lachend in der Hotelhalle.

»Ich bin einer Ohnmacht nahe!«, seufzte Eleonore und eilte ihnen nach.

Als Blümchen und ich in die Eingangshalle kamen, sah ich, wie Rüdiger hinter einer der Türen verschwand. Dafür kam Herr Kimpenski zu uns.

Als Eleonore ihn sah, schwebte sie mit ausgebreiteten Armen auf ihn zu. »Mein lieber Herr Kimpenski! Sie armer, armer Mensch! Was haben wir da für schreckliche Dinge gehört!«

Der Hoteldirektor, der unter seiner Bräune ziemlich blass aussah, seufzte und schüttelte den Kopf. »Sie haben Recht, liebe Frau von Hoppenstedt. Es ist wirklich ganz schrecklich. Die arme Fee! Verschwunden! Hoffentlich ist ihr nichts passiert! Hoffentlich hat dieser Gangster sie nicht ...« Er sprach nicht weiter, sondern schluckte nur noch.

»Keine Sorge, Herr Kimpenski!«, rief Amanda. »Bald wird sich alles aufklären. Die Hilfe ist ja schon da!« Damit zeigte sie in die Runde.

Herrn Kimpenskis Blick folgte Amandas Armbewegung. Dabei wurde sein Gesicht immer länger. »Das ist das ... Team?«, fragte er schließlich ungläubig.

»Lassen Sie sich durch das Äußere nicht täuschen! Ein echtes Team! Allesamt Profis auf ihrem Gebiet!«

»Kann man wohl sagen«, meinte Opa Schraube und stieß Willi in die Seite, worauf beide gleich wieder anfingen zu lachen, was ihnen einen strengen Blick von Amanda einbrachte.

Blümchens Mama ging mit ausgestreckter Hand auf den Hoteldirektor zu. »Ich bin Gerda Wolff. Vielen Dank, dass Sie mir den Fall übertragen wollen.«

Herr Kimpenski nahm Gerdas Hand. »Ah, Frau Wolff. Sie sehen ja wenigstens ... herzlich willkommen. Ich hoffe, Sie können uns helfen.«

»Das kann sie bestimmt!«, antwortete Amanda für Blümchens Mama.

»Ich habe ein Konferenzzimmer für Sie reservieren lassen«, sagte Herr Kimpenski. »Damit Sie die anderen Gäste nicht ... ich meine natürlich, damit Sie nicht gestört werden.«

»Ziemlich feiner Pinkel, dieser Kimpenski«, sagte Opa Schraube nicht gerade leise zu Willi, nachdem ihnen ein verschnupfter Vertreter von Rüdiger, mit dem Namen Klaus-Dieter, ihre Zimmerschlüssel gegeben hatte.

»So, wie der ganze Laden«, antwortete Günter. »Nicht unsere Kragenweite.«

»Mir gefällt es hier!«, rief Walter und schaute sich mit leuchtenden Augen um. »Bezaubernde Damen, wohin man auch sieht!«

In einer Geschwindigkeit, wie Blümchen und ich es nie geschafft hätten, stand die ganze Mannschaft, in Bademänteln und mit Handtüchern unter dem Arm, wieder vor dem Hotel, bis auf Eleonore natürlich, die lieber auf ihrem Zimmer bleiben wollte. Pepe wartete auf uns, um uns zum Strand zu fahren.

»Machen Sie den Job schon lange?«, fragte Willi ihn beim Einsteigen.

»Ihr könnt mich Pepe nennen!«, lachte Pepe. Damit hatte er bei Opa Schraube und seinen Freunden endgültig gewonnen. »Ja, ich mache das fast mein Leben lang. Ich habe schon die Gäste von Herrn Kimpenskis Vater gefahren. Aber allmählich wird es mir zu viel. Ich möchte mich am liebsten zur Ruhe setzen – nur leider reicht mein Gespartes noch nicht. Aber darüber können wir ja heute Abend noch in Ruhe reden. Wenn ihr Lust habt, treffen wir uns in meinem Stammlokal auf ein Weinchen.«

»Das ist ein Wort!«, rief Willi. »Abgemacht!«

Kaum angekommen, warfen Amanda, Hedwig und Elsbeth ihre Bademäntel in den Sand und hüpften ins Wasser. Dabei jauchzten sie und sprangen herum wie Blümchen und ich es gemacht hatten. Auch Opa Schraube und seine Jungs ließen sich nicht lange bitten. Es war das erste Mal, dass ich sie alle in Badeklamotten sah. Das war schon ziemlich komisch. Jedenfalls hatten Blümchen und ich so viel Spaß sie zu beobachten, dass wir wieder vergaßen selbst ins Wasser zu gehen.

Irgendwann hatten aber auch sie genug und ließen sich schnaufend und kichernd in den warmen Sand fallen.

»Solche Fälle könnten Sie uns öfter besorgen, liebe Amanda«, sagte Walter.

»Freuen Sie sich nicht zu früh«, erwiderte die. »Da wartet eine Menge Arbeit auf uns!«

Als wir uns schon wieder anzogen, um nicht zu spät zum Abendessen zu kommen, verteilte jemand Handzettel am Strand, auf denen für den Sandburgenwettbewerb geworben wurde, der am nächsten Tag beginnen sollte.

»Sandburgen!«, rief Elsbeth. »Die haben wir schon als Kinder so gern gebaut!«

Hedwig klatschte in die Hände. »Ja! Weißt du noch? Unsere waren immer die schönsten!«

»Dann waren Sie aber nie da, wo ich meine Sandburgen gebaut habe«, mischte sich Opa Schraube ein. »Die waren nämlich unübertroffen!«

»Das kann ja sein«, sagte Hedwig ein wenig beleidigt. »Aber unsere Sandburgen –«

»Ist ja nicht schlimm«, unterbrach Opa Schraube sie. »Sandburgen sind schließlich Männersache!«

Die Zwillinge stemmten ihre Fäuste in die Hüfte.

»Ach, das ist ja interessant!«, rief Elsbeth. »Männersache also! Warum beweisen Sie nicht, was Sie können, Sie Angeber!«

Opa Schraubes Zigarrenstummel begann zu kreisen. »Wie meinen Sie das?«

Elsbeth reckte ihre Nase in die Höhe. »Ich fordere Sie heraus, Herr Schraube! Ihre Sandburg gegen unsere!«

»Wollt ihr etwa an dem Wettbewerb teilnehmen?«, rief ich. »Aber das ist doch albern!«

»Albern?«, fuhren mich Elsbeth und Opa Schraube gleichzeitig an.

»Was ist, Jungs«, wandte sich Opa Schraube an seine Freunde. »Nehmen wir die Herausforderung an?«

»Klar!«, rief Günter.

»Logisch!«, rief Willi.

»Aber wir geben den Damen eine faire Chance«, meinte Walter.

»Lass den Honigtopf stecken, Walter«, brummte Opa Schraube. »Hier geht es um unsere Ehre!«

In der Hotelhalle kam Rüdiger auf uns zu.

Ihm war anzusehen, wie schwer ihm jeder einzelne Schritt fiel.

»Herr Kimpenski hat mich gebeten, Ihnen eine Nachricht zu übermitteln, gnädige Frau«, sagte er, ohne die Augen von Sister X zu lassen. »Sie können in dem Konferenzraum auch Ihre Mahlzeiten einnehmen. Dort stören Sie – ich meine, dort sind Sie ungestört.«

»Danke, mein Lieber«, freute sich Amanda. »Das ist eine gute Idee!«

»Sandburgen?«, rief Eleonore entsetzt, als wir in unserem Konferenzzimmer beim Abendessen saßen.

»Die Männer haben uns herausgefordert«, sagte Hedwig fast entschuldigend. »Da konnten wir doch nicht kneifen.«

»Das war ja wohl eher umgekehrt«, meinte Opa Schraube.

»Und darum wollten wir dich bitten, ob du uns nicht helfen kannst, liebe Eleonore«, sagte Elsbeth. »Die Männer sind schließlich zu viert. Da brauchen wir Verstärkung.«

Eleonore riss ihre adligen Augen auf. »Ich soll an den Strand? Zu den … Leuten?«

»Die werden dich schon nicht fressen«, sagte Amanda. »Nun gib dir einen Ruck, Eleonore.«

»*Du* kannst ihnen ja helfen«, schmollte die.

Amanda hob abwehrend die Arme. »Ich muss mich um unseren Fall kümmern. Wenigstens ich!«

Eleonore sah ihre Freundinnen Hilfe suchend an. Doch die hielten ihrem Blick stand.

»Also gut«, sagte sie schließlich. »Worauf ich mich auch immer einlasse!«

»Wenn das geklärt ist, können wir uns ja wieder unserem Fall widmen«, sagte Amanda. »Ich schlage vor, wir nutzen den morgigen Tag, um uns ein wenig umzusehen. Herr Schraube und seine Sandburgenexperten können ja schon heute Abend damit beginnen. Wenn ich es richtig gehört habe, treffen Sie sich mit Pepe. Der kennt sicher viele Leute hier und hat einiges zu erzählen.«

»Machen wir«, sagte Opa Schraube sofort. »Das Angenehme mit dem Nützlichen zu verbinden hat mir schon immer gefallen. Außerdem haben wir dann morgen für die Sandburg mehr Zeit.«

»Und was ist mit uns?«, rief Elsbeth. »Dann wollen wir auch morgen mit unserer Sandburg beginnen!«

»Ihr könnt euch im Hotel umhören. Vor allem Eleonore hat ja gute Beziehungen hier. Da bleibt euch noch genug Zeit für die Sandburg.«

»Ich werde versuchen mit Horst zu sprechen«, sagte Gerda. »Vielleicht hat die Polizei ja schon mehr herausgefunden.«

»Das ist eine gute Idee!«, rief Amanda.

»Was machst du denn dann?«, fragte Eleonore sie.

»Ich werde mich ein wenig näher mit Herrn Hudoni und seinen Artisten beschäftigen. Schließlich waren sie es, die Fee als Letzte gesehen haben.«

»Und wir?«, fragte ich.

»Ihr könnt es euch aussuchen.«

»Dann kommen wir mit dir zu Hudoni!«, rief ich, ohne zu überlegen, sah dann aber gleich zu Blümchen.

Doch die war natürlich einverstanden. Bei Amanda war es immer noch am interessantesten.

* 5 *

Am nächsten Morgen kamen Opa Schraube und seine Freunde nicht zum Frühstück.

»Ist wohl gestern Abend etwas später geworden«, sagte Gerda schmunzelnd.

Elsbeth zwinkerte ihrer Schwester zu. »Dann haben wir einen kleinen Vorsprung!«

Während wir uns über Obstsalat, Joghurt, Rühreier und die frischen Brötchen hermachten, kam Herr Kimpenski zu uns.

»Gibt es schon etwas Neues?«, fragte er vorsichtig.

»So schnell sind wir leider nicht!«, antwortete Amanda.

»Ich mache mir solche Sorgen um Fee! Wenn ich doch nur etwas von ihr hören würde!«

»Das dauert bestimmt nicht lange«, versuchte Amanda ihn zu beruhigen. »Wir haben uns schon einen Plan zurechtgelegt. Dabei können Sie uns gleich helfen. Wir wollen zu Herrn Hudoni. Der hat Fee vermutlich als Letzter gesehen. Wissen Sie, wo wir ihn treffen können?«

»Wahrscheinlich in seinem Haus. Ich kann Rüdiger

bitten, Ihnen die Wegbeschreibung zu geben. Aber erschrecken Sie nicht, wenn Sie dorthin kommen.«

»Erschrecken?«, rief Blümchen. »Warum sollten wir uns erschrecken?«

»Nun ja, Hudonis Haus ähnelt eher einem Geisterschloss als einem Haus. Einige Leute in Südstrand behaupten sogar, es würde dort spuken. Aber das ist natürlich Unsinn. Trotzdem versuchen die meisten möglichst nicht in die Nähe des Hauses zu kommen.«

»Sollen wir nicht doch lieber zum Strand?«, fragte Blümchen mich, als wir mit Amanda zu Bubi gingen.

»Das können wir immer noch«, antwortete ich. »Aber wann wird einem schon mal ein echtes Geisterschloss geboten? Außerdem passiert uns schon nichts. Schließlich ist Amanda dabei.«

»Hoffentlich hast du Recht«, seufzte meine Freundin.

Je näher wir Hudonis Gruselschloss kamen, desto unheimlicher und bedrohlicher erschien es mir. Als wir schließlich vor der Eingangstür standen, durch die früher wahrscheinlich ganze Pferdefuhrwerke gefahren waren, bereute ich es schon fast, nicht mit Blümchen an den Strand gegangen zu sein.

»Was jetzt?«, fragte ich Amanda.

»Lasst uns sehen, ob der große Meister zu Hause ist«, antwortete sie und hämmerte mit dem eisernen Türklopfer, den eine hässliche Fratze zierte, gegen die Tür.

Das dröhnte so laut, dass es in jedem Winkel von

Hudonis Geisterschloss zu hören sein musste. Trotzdem öffnete niemand, auch nicht, nachdem Amanda noch dreimal geklopft hatte.

»Keiner zu Hause«, sagte Blümchen hastig. »Lasst uns wieder verschwinden.«

Doch im selben Augenblick hörten wir ein Klappern auf der anderen Seite der Tür und kurz darauf öffnete sie sich bedrohlich quietschend und knarrend.

Als wir denjenigen sahen, der die Tür geöffnet hatte, schrie Blümchen leise auf.

Eine Hexe! So musste eine Hexe aussehen. Sie war alt, viel älter als Amanda, ziemlich klein und gebückt. Ihre letzten paar grauen Haare hatte sie zu einem winzigen Knötchen zusammengebunden. In ihr Gesicht passte keine einzige zusätzliche Falte mehr und ihrer Nase nach zu urteilen, hätte sie Hudonis Großmutter sein können. Aber was mir wirklich die Knie schlottern ließ, waren ihre Augen. Sie waren so schwarz wie Hudonis Umhang und irgendwo in ihrem Inneren schien etwas gefährlich zu leuchten. Ich war überzeugt davon, dass sie uns mit einem Blitz aus ihren Augen bis auf den Mond schießen konnte.

»Ist Herr Hudoni daheim?«, fragte Amanda freundlich. »Wir würden ihn gern sprechen.«

Die Hexe zog ihre Augen zu zwei Schlitzen zusammen. Ich versuchte mich hinter Blümchen zu verstecken. Gleich würde es blitzen!

»Der Meister ist nicht zu sprechen«, krächzte sie uns an.

»Ist er denn zu Hause?«, fragte Amanda noch einmal.

»Nicht zu sprechen. Gehen Sie!«

»Das ist aber sehr schade«, plapperte Amanda unverdrossen weiter. »Wir sind nämlich gewissermaßen Kollegen, müssen Sie wissen. Ich bin zwar keine Zauberin, aber dafür bin ich Hellseherin, Medium und Geisterbeschwörerin. Und das ist mein außerirdisches –«

»Gehen Sie!« Von den Augen der Hexe waren nur noch zwei glühende Pünktchen zu sehen.

Ich wollte Amanda sagen, dass sie in Deckung gehen sollte, aber ich brachte keinen Ton heraus.

»Nun seien Sie doch nicht so stur!«, rief Amanda.

»Wer ist denn da?«, rief jemand aus dem Inneren des Schlosses.

Es war Hudonis unheimliche, durchdringende Stimme. Die hätte ich unter tausenden erkannt.

Die Alte drehte sich kurz um. »Fremde!«, krächzte sie und fixierte uns dann wieder mit ihren Glühaugen.

Ebenso lautlos wie die Geister in unserem Hotel stand Hudoni plötzlich hinter ihr.

Ich hatte schon oft gehört, dass Schauspieler und andere berühmte Leute im Kino und im Fernsehen ganz toll aussahen. Wenn man ihnen aber im richtigen Leben begegnete, waren es oft ziemlich armselige Würstchen. Bei Hudoni war das anders. Er erschien mir jetzt noch viel beeindruckender und unheimlicher als im Theater. Und das lag nicht nur an dem schwarzen Umhang, den er auch hier trug. Mir fiel jetzt erst auf, wie groß er war. Die Hexe reichte ihm gerade mal bis zur Hüfte.

»Was wünschen Sie?«, fragte er mit unbeweglichem Gesicht.

»Lieber Herr Hudoni!«, rief Amanda. »Wir durften bei Ihrer Galaveranstaltung anwesend sein. Sehr beeindruckend! Wirklich sehr beeindruckend! Mein Name ist Amanda X und das sind Ricki und Blümchen. Und das hier ist mein außerirdisches Schaf Sister X. Wir sind übrigens gewissermaßen Kollegen. Ich bin Hellseherin … «

»Außerirdisches Schaf!«, rief Hudoni mit leuchtenden Augen. Ohne weiter auf Amanda zu achten, ging er in die Knie, bis seine Augen auf der Höhe von Sister X' Sonnenbrille waren.

»Faszinierend«, sagte er zu Sister X. »Hat es übernatürliche Kräfte?«

»Allerdings!«, rief Amanda. »Es ist mein Medium!«

»Medium! Faszinierend!« Als er wieder aufstand, lächelte er. Zumindest zeigten seine Mundwinkel nach oben. »Ihr Schaf interessiert mich, meine Dame! Treten Sie doch näher. Ich möchte mehr darüber erfahren.«

»Aber gern!«, freute sich Amanda.

Blümchen zupfte an ihrem Ärmel. »Dürfen wir draußen bleiben?«

»Die jungen Damen sind natürlich auch herzlich willkommen!«

Jetzt wusste ich, wie sich Hänsel und Gretel gefühlt haben mussten.

»Das ist übrigens meine Haushälterin Gundula«, sagte Hudoni, als wir uns an der Hexe vorbeidrückten.

So, wie er den Namen ausgesprochen hatte, wäre ihm die Hauptrolle in jedem Gruselfilm sicher gewesen.

»Hast du sein Gebiss gesehen?«, fragte Blümchen mich leise. »Ich glaube, die Eckzähne waren länger als die anderen.«

Ich schüttelte den Kopf. »Wenn er ein Vampir wäre, müsste er jetzt in seinem Sarg liegen.«

»Bist du sicher?«

»Klar! Es sei denn, die Typen, die die Filme machen, haben keine Ahnung.«

Draußen schien die Sonne. Kein Wölkchen war am Himmel. Es gab viele große Fenster in dem Schloss. Trotzdem war es so dunkel darin, dass es eine ganze Zeit dauerte, bis ich überhaupt etwas erkennen konnte. Wahrscheinlich lag es an den vielen dunklen Möbeln und den dicken Teppichen überall. Es gab zwar auch Lampen, aber die waren mit Tüchern behängt. Das ließ die vielen Tierköpfe, die an den Wänden hingen, fast lebendig erscheinen.

Die meisten Sachen, die überall herumstanden, hatte ich noch nie gesehen. Was sie zu bedeuten hatten, wollte ich lieber nicht wissen. Denn alles strahlte etwas Unheimliches, fast Böses aus.

Immer weiter folgten wir Hudoni. Blümchen und ich hatten uns aneinander gekrallt und sahen uns ängstlich um. Gundula schlich lautlos hinter uns her.

»Wissen Sie, was ich lustig finde?«, sagte Amanda plötzlich, als wir durch einen besonders dunklen und

unheimlichen Raum gingen. »Ich bin nicht nur Herrn Hudonis Kollegin, sondern auch Ihre, liebe Gundula. Ich bin nämlich ebenfalls Haushälterin.«

Gundula sagte nichts darauf, sondern sah Amanda nur böse aus ihren Glühaugen an.

Endlich hielt Hudoni vor einer geschlossenen Tür, die nicht viel kleiner als die Eingangstür war.

»Wir sind am Ziel«, sagte Hudoni lächelnd. »Mein Reich! Treten Sie näher!«

Er kramte in einer Tasche seines Umhangs, zog einen großen rostigen Schlüssel hervor und steckte ihn ins Schloss. Es knackte zweimal, dann öffnete sich die Tür so laut knarrend, wie ich es erwartet hatte.

»Ich will da nicht rein!«, flüsterte Blümchen mir zu.

»Willst du etwa allein hier bleiben?«, erwiderte ich und zog sie hinter mir her.

Als ich durch die Tür ging, sah ich mich um. Gundula war verschwunden.

Wenn die Räume, die wir bis dahin gesehen hatten, schon mit unheimlichem Kram voll gestopft waren, war das nichts gegen das, was wir in Hudonis »Reich« zu sehen bekamen. Das war kein Zimmer, das war ein Museum! Aber keines, das wir mit unserer Schulklasse besucht hätten.

In dem großen Kamin brannte ein Feuer. Das war auch nötig, denn obwohl es draußen ziemlich heiß war, war es hier trotz des Feuers eiskalt.

»Setzen Sie sich«, sagte Hudoni und bot uns Stühle an, die auch gut in einer Folterkammer hätten stehen können. Schon nach ein paar Sekunden tat mir der Rücken weh.

Er selbst ließ sich in einem bequemen Sessel nieder und hatte im selben Augenblick eine lange Pfeife in der Hand, deren Kopf mit der gleichen Fratze verziert war wie die Eingangstür. Er zündete sie an. Im nächsten Moment war der Raum von einem eklig süßen Geruch erfüllt. Mir wurde schwindelig.

»Ich hoffe, Sie sitzen bequem?«, fragte Hudoni lächelnd.

Seine Stimme drang nur noch wie durch Nebel zu mir. Ich sah zu Blümchen. Ich hoffte, dass ich nicht genauso blass war wie sie.

Nur Amanda war immer noch gut gelaunt. »Vielen Dank für Ihre Gastfreundschaft, lieber Herr Hudoni«, sagte sie freundlich. »Ihre Kunst interessiert mich sehr!«

»Das glaube ich Ihnen gern, meine Liebe. Das Leben eines Zauberers fasziniert viele Leute. Besonders das Leben der ganz großen Zauberer, von denen ich ohne Zweifel einer bin. Vielleicht sogar der größte!«

»Blöder Angeber«, murmelte Blümchen neben mir.

»Doch nun erzählen Sie mir mehr von Ihrem Schaf!«

Amanda tat ihm bereitwillig den Gefallen. Sie erzählte von sich und von Sister X und ihrer Sonnenbrille. Ich fragte mich, warum sie so freundlich zu dem Blödmann war. Ich hätte ihm gar nichts von mir erzählt.

Und dann mussten wir uns anhören, welch ein toller Zauberer er, der große Hudoni, sei, wo und vor wem er schon überall aufgetreten war und so weiter und so weiter. Seine durchdringende leise Stimme und der süßliche Gestank seiner Pfeife ließen mich nahe einer Ohnmacht sein, wie Eleonore es ausgedrückt hätte. Auch Blümchen schwankte ein paarmal bedrohlich auf ihrem Stuhl.

Doch dann kam Amanda endlich auf das zu sprechen, weshalb wir gekommen waren.

»Ich finde, Ihre Assistentin Fee passt sehr gut zu Ihnen«, sagte sie mit einem Seitenblick auf uns.

»Das ist allerdings wahr!«

»Arbeiten Sie schon lange mit ihr?«

»Seit etwa zwei Jahren. Sie ist ein wahres Talent! Neben mir kann sie sich zu einer großen Künstlerin entwickeln.«

»Sie ist ja auch die Freundin von Herrn Kimpenski«, sagte Amanda. »Wissen Sie das?«

Hudonis Lächeln verschwand mit einem Schlag. Allerdings änderte das an seinem Gesichtsausdruck nicht viel. »Und ob ich das weiß! Ich verstehe sie nicht. Warum verschwendet sie sich an ihn?«

»Sie mögen ihn nicht?«, fragte Amanda unschuldig.

»Er versucht ständig sie zu überreden, nicht mehr mit mir aufzutreten. Doch zum Glück weiß sie es zu schätzen, mit dem größten lebenden Zauberkünstler zu arbeiten.«

»Nun ist sie ja leider verschwunden«, sagte Amanda fast beiläufig.

Hudonis Gesicht verfinsterte sich. »Verschwunden. Ja, das ist sie«, sagte er leise.

»Die Polizei glaubt, dass sie vielleicht dem Dieb begegnet ist und dass der sie entführt hat«, sagte ich.

Hudoni sah mich böse an und ich bereute schon, dass ich überhaupt etwas gesagt hatte.

»Das ist durchaus möglich«, zischte er. »Fee ist eine sehr zerbrechliche Person.«

Mir lief ein kalter Schauer über den Rücken.

»Könnte sie denn die Diebin sein?«, fragte Amanda plötzlich. »Das zieht die Polizei nämlich auch in Erwägung.«

»Die Polizei hat keine Ahnung«, zischte Hudoni. »Fee und eine Diebin. Lächerlich! Außerdem war sie zum Zeitpunkt des Diebstahls mit mir auf der Bühne. Das Einzige, was diese Leute können, ist mir und meinen Künstlern das Auftreten zu verbieten.«

»Tatsächlich?«, fragte Amanda. »Das ist aber schade.«

»Wenn Sie es so nennen wollen. Für mich ist es reine Schikane! Bevor Fee nicht wieder auftaucht, dürfen wir nicht auftreten!«

»Es ist jemand in der Nähe des Ausstellungsraums gesehen worden«, erwiderte Amanda. »Sie könnte doch geflohen sein.«

Hudoni beugte sich zu Amanda vor und blies eine dicke Rauchwolke in ihre Richtung. »Sie ist nicht geflohen. Sie ist verschwunden. Viele Menschen verschwinden auf unerklärliche Weise!«

»Das ist allerdings wahr«, sagte Amanda und stand auf. »Ich denke, wir haben Ihre Zeit lange genug in Anspruch genommen.«

»Ich werde Gundula rufen. Sie wird Sie hinausbegleiten.«

Hudoni zog an einer Kordel, die neben seinem Sessel baumelte. Fast im selben Augenblick öffnete Gundula die Tür.

»Sonne!«, rief ich, als Gundula die Eingangstür krachend hinter uns ins Schloss geworfen hatte. »Ich habe schon Angst gehabt, ich müsste für immer da bleiben!«

»Da gehe ich nie wieder hinein!«, rief Blümchen. »Nie! Nie! Nie!«

»Das kann man nicht wissen«, sagte Amanda mit einem Schmunzeln.

»Ich verstehe nicht, warum du so freundlich zu diesem Ekelpaket warst«, sagte ich zu ihr.

Amanda zuckte mit den Schultern. »Ich fand ihn nicht so schlimm. Er ist ein Künstler. Und die sind eben manchmal etwas seltsam.«

»Das ist die Untertreibung des Jahrhunderts«, schnaufte Blümchen. »Bestimmt hat der etwas mit dem Bilderraub zu tun!«

»Genau!«, rief ich. »Vielleicht hat er Fee entführt, weil sie nicht mehr bei ihm arbeiten wollte.«

»Und der Bilderraub war nur ein Ablenkungsmanöver«, ergänzte Blümchen.

»Nicht so eilig, meine Damen«, sagte Amanda.

»Aber so könnte es doch gewesen sein!«

»Sicher *könnte* es so gewesen sein. Trotzdem solltet ihr niemanden nur deshalb verdächtigen, weil er euch nicht sympathisch ist. Andererseits soll man auch nicht die aus den Augen verlieren, die augenscheinlich unschuldig sind. Aber in einem habt ihr Recht: Meister Hudoni spielt in diesem Fall eine wichtige Rolle. Lasst uns zum Strand fahren. Vielleicht haben Opa Schraube und seine Jungs etwas von Pepe, oder Gerda etwas von Horst erfahren können.«

Manchmal ist es wirklich kaum zu glauben, wie albern Erwachsene sein können. Jedenfalls dachte ich das, als wir am Strand eintrafen.

Die Veranstalter des Sandburgenwettbewerbs hatten einen Teil des Strands abgesperrt und die Teilnehmer buddelten bereits fleißig. Die meisten waren tatsächlich Erwachsene. Opa Schraube und seine Freunde und das Geisterkränzchen hatten ihre Baustellen direkt nebeneinander.

Blümchens Mama saß zwischen ihnen und sah kopfschüttelnd von einem zum anderen.

»Seht euch Eleonore an!«, rief Amanda. »Es ist nicht zu glauben!«

Amandas vornehme adlige Freundin lag mit knallrotem Gesicht bäuchlings im Sand und schaufelte mit beiden Händen Sand hinter sich. Elsbeth und Hedwig standen hinter ihr und türmten den Sand zu einem großen Haufen auf.

»Macht es Spaß, Eleonore?«, fragte Amanda, als wir näher kamen.

»Keine Zeit, Amanda!«, rief Eleonore, ohne aufzusehen. »Wir werden es den Männern zeigen! Jawohl, zeigen werden wir es ihnen!«

Nun schüttelte Amanda auch den Kopf. »Wie so ein kleiner Wettbewerb die Menschen doch verändern kann.«

Im Gegensatz zu Amandas Freundinnen ging es bei Opa Schraubes Team eher gemütlich zu. Sie saßen im Sand und beugten sich tuschelnd über ein Blatt Papier, das zwischen ihnen lag.

»Vorsicht! Spion!«, rief Opa Schraube, als er uns entdeckte, und warf sich auf das Papier.

»Nun seien Sie nicht albern!«, fuhr Amanda ihn an. »Ihre Sandburg interessiert mich nicht.«

»Was habt ihr denn da?«, fragte Blümchen.

»Einen Plan«, antwortete Walter. »Schraube hat heute Nacht einen Bauplan gezeichnet.«

»Ein Bauplan für eine Sandburg?«, fragte ich.

»Genau!«, rief Opa Schraube und versteckte den Plan hinter seinem Rücken. »Wir werden die Sache nicht so planlos angehen wie die Damen da drüben. Schließlich haben wir technischen Sachverstand! Und nun haltet uns nicht länger auf! Jede Minute zählt!«

Das war typisch Opa Schraube. Wo immer es etwas zu reparieren oder zu basteln gibt, ist er dabei. Leider bleiben bei seinen Reparaturen meistens ein paar Schrauben übrig, von denen er nicht mehr weiß, wohin sie gehören. Das hat ihm auch seinen Spitznamen eingebracht.

»Ihr dürft gleich weiterspielen, Jungs«, meinte Amanda. »Aber vorher möchte ich noch wissen, ob ihr gestern Abend etwas herausgefunden habt.«

»Haben wir!«, grinste Willi. »Die haben einen echt leckeren Wein hier!«

»Und sonst?«, schnaufte Amanda.

»Dieser Hudoni und auch Kimpenski sind echte Größen in Südstrand«, antwortete Günter. »Jeder kennt sie.«

»Nur können die beiden sich wohl nicht leiden«, meinte Willi.

»Allerdings haben wir nicht herausgefunden, worum es dabei geht«, ergänzte Opa Schraube.

»Vielleicht um Fee?«, fragte Amanda. »Wir haben erfahren, dass Herr Kimpenski wollte, dass sie nicht mehr für Hudoni arbeitet.«

»Da wisst ihr mehr als wir«, sagte Walter. »Jedes Mal, wenn wir nachgefragt haben, wollten die Leute nichts mehr sagen, auch Pepe nicht.«

»Vielleicht wissen wir ja etwas!«, rief Hedwig und spuckte den Sand aus, den Eleonore ihr gerade ins Gesicht geschaufelt hatte.

»Tatsächlich?«, fragte Amanda. »Was denn?«

»Wir haben Rüdiger ein wenig ausgehorcht«, antwortete Eleonore. »Ohne Sister X ist er ganz zugänglich.«

»Er hat uns erzählt, dass die beiden Familien, also die Hudonis und die Kimpenskis, schon seit Generationen in Südstrand wohnen«, erzählte Elsbeth.

»Und zwischen den Familien muss es eine alte Sache geben«, ergänzte Eleonore.

»Sache?«, fragte Amanda.

»Ja, einen Streit, eine Fehde oder etwas in der Art. Mehr wollte oder konnte Rüdiger nicht sagen.«

Amanda rieb sich ihr Kinn. »Interessant. Sehr interessant!«

»Ich habe leider eine Niete gezogen«, seufzte Blümchens Mama. »Als ich zu Horst wollte, bin ich Pauer über den Weg gelaufen. Und der hat mich natürlich nicht zu Horst gelassen, dieser Blödmann!«

»Machen Sie sich nichts draus«, sagte Amanda. »Bestimmt kommt Horst uns bald wieder besuchen. Dann werden wir ihn fragen.«

Amanda behielt Recht. Gerade hatten wir, umringt von unseren Hotelgeistern, zum Mittagessen Platz genommen, da steckte Papa den Kopf zur Tür herein.

»Sie besuchen uns immer beim Essen, lieber Horst«, begrüßte Amanda ihn.

»Dieses Mal war es Absicht«, sagte Papa mit einem verlegenen Lächeln. »In unserem Hotel gibt es heute Linsensuppe. Und ich hasse Linsensuppe!«

»Dann setzen Sie sich und speisen mit uns!«, sagte Eleonore. »Die Küche ist wirklich ausgezeichnet!«

Papa setzte sich und machte sich mit leuchtenden Augen über die leckeren Sachen, die die Geister heranschleppten, her, als hätte er seit Tagen nichts mehr gegessen.

Amanda wollte ihn wohl nicht stören, darum wartete sie bis zum Nachtisch.

»Ihr Kollege Pauer hat Gerda heute nicht zu Ihnen gelassen, lieber Horst.«

Papa sah zu Gerda und wurde ein wenig rot. »Ich

weiß. Es tut mir auch sehr Leid. Ich muss mich wirklich für ihn –«

»Schon gut«, unterbrach Gerda ihn. »Du kannst ja nichts dafür.«

Papas Gesichtsfarbe wurde noch ein wenig gesünder. Ich sah Blümchen nicht an, sonst hätten wir beide wieder lachen müssen.

»Gibt es denn etwas Neues?«, fragte Blümchens Mama.

»Leider nicht«, seufzte Papa. »Ich habe das Gefühl, wir drehen uns im Kreis. Wir zerbrechen uns den Kopf, aber wir finden einfach nicht heraus, wie es jemand schaffen konnte, ungesehen in den Schaltraum der Elektroanlage zu kommen.«

»Dann müssen wir den Tatort selber unter die Lupe nehmen«, meinte Amanda leichthin. »Da Hudoni nicht auftreten darf, kommen wir bestimmt ins Theater. Vielleicht können wir das Rätsel ja lösen.«

»Viel Glück«, meinte Papa. »Aber wenn die Polizei es nicht herausfindet, werdet ihr es wohl auch nicht schaffen.«

»Seit wann sind die Bu-, äh, die Polizisten denn schlauer als wir?«, rief Opa Schraube.

Am Nachmittag machten Amanda, Blümchen, ihre Mama und ich uns auf die Suche nach Herrn Kimpenski. Sister X war natürlich auch dabei. Wir entdeckten den Hoteldirektor in der Bar.

»Wir sollten den Fall möglichst schnell aufklären«,

raunte Amanda uns zu. »Sonst nimmt es kein gutes Ende mit dem Mann.«

»Gibt es Neuigkeiten?«, fragte uns Herr Kimpenski mit leicht glasigen Augen. »Haben Sie Fee gefunden und ihre Unschuld bewiesen?«

»So schnell sind wir leider nicht«, antwortete Amanda. »Aber wir tun, was wir können. Darum würden wir uns gern den Tatort einmal persönlich ansehen. Wir wollen überprüfen, ob es wirklich so schwer ist, in den Elektroraum zu kommen.«

»Nicht schwer«, entgegnete Herr Kimpenski. »Unmöglich!«

»Davon würden wir uns gern selbst überzeugen, lieber Herr Kimpenski«, erwiderte Amanda.

* 6 *

Der Hoteldirektor führte uns zunächst auf die Hinterseite des Hotels.

»Sehen Sie! Das Hotel besteht eigentlich aus zwei Gebäuden. In dem einen hier befindet sich das Theater und in dem anderen der Ausstellungsraum und die Elektrozentrale. Die beiden Gebäude sind auf zwei Felsen gebaut, mit einer Schlucht dazwischen.«

Er führte uns zu einem Geländer, von dem aus wir in die Schlucht sehen konnten.

»Auweia!«, rief Blümchen. »Ganz schön tief!«

»Aber man kommt innerhalb des Hotels doch von einem Gebäude zum anderen«, sagte Gerda.

»Gewiss. Aber dieser Durchgang war an dem Abend von mindestens zehn Polizisten bewacht.«

»Und der Elektroraum?«, fragte Amanda.

»Er hat ein Fenster«, antwortete Herr Kimpenski. »Und das war an dem Abend des Diebstahls sogar geöffnet.«

»Aber dann kann der Dieb doch durch das Fenster eingestiegen sein!«, rief Blümchen.

»Kaum!«, sagte Herr Kimpenski und zeigte an der

Mauer des Gebäudes hoch. »Sehen Sie? Dort oben ist es. Der Dieb hätte die Felsen der Schlucht hochklettern und dann auch noch die Mauer des Gebäudes erklimmen müssen.«

Frau Wolff schüttelte den Kopf. »Keine Chance. Viel zu gefährlich!«

»Eben! Und über die Schlucht zu springen würde noch nicht einmal ein Olympiasieger im Weitsprung schaffen.«

»Ein Artist wohl auch nicht«, sagte Amanda mehr zu sich selbst.

»Die Polizei war sicher schon zehnmal hier und hat sich alles angesehen!«, sagte Herr Kimpenski. »Und nun kommen Sie auch noch hierher! Warum kümmert sich niemand um Fee?«

»Weil der Diebstahl der Schlüssel zu ihrem Verschwinden ist«, antwortete Amanda ruhig. »Und das Theater! Darum würden wir uns das auch gern etwas genauer ansehen.«

Herr Kimpenski zuckte mit den Schultern. »Wie Sie meinen, aber das hilft Ihnen auch nicht weiter.«

Bei Tageslicht, ohne die Gäste und die vielen Scheinwerfer, sah das Theater, in dem Hudoni und seine Artisten auftraten, längst nicht mehr so beeindruckend aus.

Amanda lief gleich hinter die Bühne. »Sind das die Künstlergarderoben?«, fragte sie und zeigte auf einige dicht nebeneinander liegende Türen.

Herr Kimpenski nickte. »Dort hinten ist die Garderobe von Fee«, sagte er laut seufzend.

»Die ist im Augenblick nicht so wichtig«, meinte Amanda.

»Wo sind denn die Ausgänge?«, fragte Gerda.

»Kommen Sie mit. Ich zeige sie Ihnen.«

Wir folgten dem Hoteldirektor in einen kleinen Raum, in dem Lampen, Kabel und anderer Kram herumlag, der wohl für die Vorstellung gebraucht wurde.

»Dort geht es nach draußen«, sagte Herr Kimpenski und zeigte auf zwei sich gegenüberliegende Türen. »Der eine ist der offizielle Artisteneingang. Dort wäre der Dieb gleich der Polizei in die Arme gelaufen. Der andere ist der Notausgang.«

»Der interessiert uns«, sagte Amanda.

Herr Kimpenski öffnete die Tür. Wir standen in einem schmalen Gang.

»Wurde der auch von der Polizei überwacht?«, fragte Blümchen.

»Ja. Dieser und der Notausgang aus dem Zuschauerraum.«

»Von *einem* Polizisten?«, fragte Gerda.

»Soviel ich weiß, ja.«

»Dann war der Gang also nicht ständig bewacht.«

»Das kann sein, aber es nützte dem Dieb trotzdem nichts!«

»Warum nicht?«, fragte ich.

Herr Kimpenski antwortete nicht, sondern führte uns den Gang entlang zu einer Tür.

Er öffnete sie und zeigte nach draußen. »Darum!«

Wir gingen hinaus und standen neben dem Haupteingang des Hotels.

»Mist!«, rutschte es Amanda heraus.

»Auf der anderen Seite ist doch noch eine Tür«, sagte Blümchen.

»Die ist immer verschlossen. Niemand darf dort hinaus.«

»Warum nicht?«

»Weil es zu gefährlich ist.«

»Gefährlich!«, rief Amanda. »Das interessiert uns erst recht!«

Herr Kimpenski seufzte wieder und führte uns zu der anderen Tür. Währenddessen klimperte er mit seinem Schlüsselbund herum.

»Ich bin der Einzige, der einen Schlüssel zu dieser Tür hat«, meinte er. »Wie gesagt, es ist zu gefährlich. Also seien Sie bitte vorsichtig. Die Polizei hat das Schloss übrigens untersucht. Es gibt keinerlei Hinweise auf ein gewaltsames Öffnen.«

»Könnte sich jemand einen Nachschlüssel gemacht haben?«, fragte Gerda.

»Das glaube ich nicht. Den Schlüsselbund trage ich immer bei mir.«

Amanda zeigte nach oben. »Und was ist mit den Oberlichtern?«

Herr Kimpenski folgte ihrem Blick. »Die lassen sich zwar öffnen und führen auch zum Hof, aber sehen Sie selbst. Da passt noch nicht einmal ein kleines Kind hindurch!«

Er schloss uns die Tür auf.

»Die ist ja gar nicht richtig abgeschlossen«, stellte Amanda fest.

Herr Kimpenski deutete auf den Türgriff. »Das ist auch nicht nötig. Von dieser Seite hat die Tür keine Klinke. Nur von der anderen Seite.«

Als wir hindurchgegangen waren, standen wir auf einem kleinen Hof, der an der einen Seite von dem Hotelgebäude begrenzt wurde und an der anderen Seite von einer Mauer.

»Und was soll hier gefährlich sein?«, fragte ich.

»Die Mauer ist schon sehr alt und brüchig. Sie könnte einstürzen.«

»Und jemanden darunter begraben«, ergänzte Gerda.

»Nicht nur das. Dahinter befindet sich die Schlucht. Wer da abstürzt, hat keine Chance zu überleben.«

»Auf der anderen Seite der Mauer befindet sich also die Schlucht«, stellte Amanda fest. »Und dahinter die Mauer des Nebengebäudes und das Fenster zum Elektroraum.«

»Das stimmt. Sogar genau gegenüber«, sagte Herr Kimpenski. »Aber von hier aus bis zu dem Fenster zu gelangen, ist nicht nur lebensgefährlich. Es ist unmöglich!«

»Das haben die Leute vom Fliegen auch einmal behauptet«, erwiderte Amanda.

»Da liegen ein paar Steine auf dem Boden!«, rief Gerda. »Stammen die von der Mauer?«

»Wahrscheinlich«, antwortete Herr Kimpenski. »Da

fällt immer mal wieder etwas herunter. Wie gesagt, die Mauer ist sehr alt und brüchig.«

»Nur schade, dass der Boden betoniert ist«, sagte Amanda. »Sonst könnte man vielleicht Fußabdrücke erkennen.«

»Das sollte einmal eine Sonnenterrasse werden«, erzählte Herr Kimpenski. »Zu der Zeit, als mein Vater das Hotel führte. Dann aber wurde das Nebengebäude errichtet und mit der Sonne war es vorbei.«

Während Herr Kimpenski von der Geschichte des Hotels erzählte, beobachtete ich Blümchen. Mir war schon die ganze Zeit aufgefallen, dass sie angestrengt nachdachte. Das sah ich immer gleich, weil sie dabei ein ziemlich blödes Gesicht macht. Das sagte ich ihr natürlich nicht.

»Woran denkst du?«, fragte ich sie stattdessen.

Es dauerte eine ganze Weile, bis sie antwortete. »Ich glaube, es ist doch möglich«, sagte sie dann leise.

»Meinst du, vom Theater in den Elektroraum zu kommen?«

Blümchen nickte. »Stell dir vor, der Dieb wartet, bis der Polizist zum anderen Notausgang geht. Dann schleicht er sich hinaus und klettert durch die Oberlichter in den Hof. Dort steigt er auf die Mauer und wirft ein Seil über die Schlucht, an dem er bis zu dem Fenster klettert.«

»Kennst du jemanden, der so klein ist, dass er durch die Oberlichter passt, so mutig auf die Mauer zu klettern, so geschickt ein Seil genau bis zu dem Fenster zu werfen und so stark an dem Seil herüberzuklettern?«

Blümchen schüttelte den Kopf. »Genau darüber denke ich ja die ganze Zeit nach. Aber mir ist niemand eingefallen. Fee ist jedenfalls viel zu groß für die Oberlichter.«

»Trotzdem sollten wir das Amanda erzählen«, sagte ich. »Vielleicht hat die ja eine Idee.«

Als wir mit Herrn Kimpenski ins Theater zurückkamen, lief uns Hudoni über den Weg. Ich hätte vor Schreck beinahe laut aufgeschrien.

»Was machen Sie denn hier?«, fuhr der Zauberer den Hoteldirektor an.

»Das könnte ich Sie auch fragen!«, giftete Herr Kimpenski zurück. »Sie dürfen doch nicht auftreten!«

So, wie die beiden sich ansahen, musste man fürchten, dass sie sich jeden Augenblick an die Gurgel gingen.

»Auch wenn wir nicht auftreten dürfen, so müssen wir doch üben. Haben Sie etwas dagegen?«

»Macht doch, was ihr wollt!«, rief Herr Kimpenski und stapfte hinaus, ohne sich noch einmal zu uns umzusehen.

»Tut mir Leid, gnädige Frau«, sagte Hudoni mit einer leichten Verbeugung zu Amanda. »Auch Sie müssen das Theater verlassen. Unser Training ist streng geheim.«

»Wir wollen Sie auch nicht stören«, sagte Gerda. »Können wir Ihnen trotzdem einige Fragen –«

Blümchens Mama konnte nicht ausreden, weil im Zuschauerraum jemand markerschütternd schrie. Hudoni rannte sofort in Richtung der Schreie.

Als wir zum Zuschauerraum kamen, standen Luigi Linguini, Lian Schling sowie Hans und Franz auf der Bühne.

»Mama Mia!«, rief Luigi und wedelte mit seinen Armen. »Ali, der Idiot. Hat wieder nicht auf Sissi aufgepasst!«

In dem Augenblick sah ich Ali Bubu, der gebückt zwischen den Zuschauertischen herumlief.

»Sissi! Schätzchen! Wo bist du? Komm zu Papa!«

Blümchen klammerte sich an mich. »Die Schlange … kriecht hier irgendwo herum?«

»Keine Angst«, sagte Lian und lächelte ihr chinesisches Lächeln. »Sissi ist nicht giftig. Sie läuft nur manchmal weg.«

»Warum?«, fragte ich.

Lian lächelte noch ein wenig chinesischer. »Weil Ali so schlecht Flöte spielt.«

»Verstehe ich«, rutschte es mir heraus.

»Ich hätte das Vieh längst gebraten!«, brüllte Hans oder Franz.

»Und Ali gleich mit!«, brüllte Franz oder Hans.

Dann bogen sie sich beide vor Lachen.

»Würden Sie jetzt gehen. Bitte!«, sagte Hudoni sehr leise, aber alles andere als freundlich zu uns.

»Wie ich schon sagte, wollen wir Sie nicht stören«, begann Blümchens Mama noch einmal. »Wir würden Ihnen nur gern ein paar Fragen stellen.«

»Frau Wolff ist nämlich Privatdetektivin. Herr Kimpenski hat sie –«

»Was ist sie?«, rief Hudoni so laut, dass sogar Amanda einen Schritt zurückwich. »Ihnen werden wir bestimmt keine Fragen beantworten!«

Nicht nur Hudoni, auch die anderen Artisten sahen uns plötzlich feindselig an.

»Warum regen Sie sich so auf?«, fragte Gerda.

»Weil wir von euch Schnüfflern die Nase voll haben! Das können Sie Ihrem Mr Moosbacher gleich bestellen!«

»Mr Moosbacher?«, fragte Amanda. »Was hat der denn damit zu tun?«

»Fragen Sie nicht so scheinheilig! Das wissen Sie doch ganz genau!«

»Das wissen wir nicht!«, rief Gerda. »Und hören Sie auf, uns so anzubrüllen!«

»Sag es Ihnen, Luigi!«, schnaufte Hudoni.

»Freunde aus meinem Dorf haben mich angerufen«, sagte Luigi. »Die haben mir erzählt, dass dort Typen aufgekreuzt sind, die alle möglichen Leute nach mir ausgefragt haben.«

»Typen?« Amanda runzelte die Stirn.

»Sie haben gesagt, sie kommen aus Australien und sind Privatdetektive.«

»Bei uns waren sie auch!«, rief Hans oder Franz.

»Erbärmliche Schnüffler!«, rief Franz oder Hans.

»Und bei mir!«, schaltete sich auch Ali Bubu ein.

Beglückt hielt er Sissi an ihrem Schwanz in die Höhe.

Obwohl es sich bestimmt blöd anhört, ich fand, Sissi sah dabei ziemlich unglücklich aus. Sie tat mir ein wenig Leid, dass sie nun wieder das Gejammer aus Alis Flöte ertragen musste.

»Davon wissen wir nichts«, sagte Gerda. »Wir haben bestimmt nichts mit Mr Moosbacher zu tun.«

»Meinetwegen. Trotzdem werden wir Ihnen keine Fragen beantworten. Und nun bitte ich Sie zum letzten Mal das Theater zu verlassen!«

Wir machten, dass wir wegkamen, bevor uns der große Hudoni noch in weiße Kaninchen verwandelte.

»Dieser Kerl!«, schimpfte Frau Wolff, als wir außer Reichweite waren. »So ein eingebildeter, unfreundlicher, blöder, ungehobelter, alter ...«

»Vampir?«, ergänzte Blümchen.

»Wahrscheinlich das auch!«

»Auf jeden Fall war die Sache mit Mr Moosbachers Privatdetektiven sehr interessant«, sagte Amanda nachdenklich.

»Stimmt«, gab Gerda ihr Recht. »Vielleicht sollten wir ihn einmal danach fragen.«

»Und wie willst du an den Leibwächtern vorbeikommen?«, fragte Blümchen.

»Da fällt uns schon etwas ein«, sagte Amanda. »Aber jetzt würde ich gern zum Strand fahren.«

»Gute Idee!«, rief ich. »Zu Opa Schraube und den anderen?«

Amanda schüttelte den Kopf. »Zu Pepe. Ist euch nicht

auch aufgefallen, wie hasserfüllt sich Herr Kimpenski und Hudoni angesehen haben? Ich möchte zu gern wissen, was dahinter steckt.«

Als wir in die Hotelhalle kamen, stürzte plötzlich Herr Kimpenski, wild mit den Armen rudernd, auf uns zu. So hatten die vornehmen Hotelgäste den Direktor bestimmt noch nie gesehen. Entsprechend verwundert sahen sie sich nach ihm um.

»Es ist wahr!«, keuchte er schon von weitem. »Es ist wahr!« Als er schließlich bei uns stand, war er so außer Atem, dass er kein Wort mehr herausbrachte.

»So beruhigen Sie sich doch, Herr Kimpenski«, sagte Amanda.

»Ich soll mich beruhigen?«, rief er. »Kommen Sie mit! Das müssen Sie sehen!«

Bevor wir etwas sagen konnten, stürzte er wieder davon. Wir mussten fast rennen, um ihn nicht aus den Augen zu verlieren. Wir hetzten an dem verdatterten Rüdiger vorbei, durch die Tür hinter der Rezeption hindurch und dann einen Gang entlang, von dem einige Türen augenscheinlich in Büros führten. Hinter einer der Türen sahen wir Herrn Kimpenski gerade noch verschwinden. Dem riesigen Schreibtisch und den schweren Sesseln nach zu urteilen, war es das Büro des Hoteldirektors, der uns immer noch keuchend mit großen Augen anstarrte.

»Nun sagen Sie doch endlich, was passiert ist, Herr Kimpenski!«, rief Gerda.

Der Hoteldirektor stürzte an ihr vorbei, schlug die Bürotür zu und ließ sich dagegen fallen.

»Ich ... ich habe ein Paket bekommen!«, brachte er heraus. »Darin war eine Videokassette. Die habe ich mir angesehen!«

»Ich verstehe nicht ganz«, sagte Amanda. »Was war denn darauf zu sehen?«

»Ich wusste gleich, dass es etwas mit Fee zu tun haben musste!«, rief Herr Kimpenski. »Es war nämlich kein Absender darauf! Aber sehen Sie selbst!«

Er holte die Fernbedienung vom Schreibtisch und fingerte zitternd daran herum. In einer Ecke des Büros stand ein Fernseher. Zunächst flimmerte der Bildschirm nur, doch dann sah man einen Raum. Er schien kaum beleuchtet zu sein, aber es reichte, um die Person zu erkennen, die in einer Ecke auf einer Kiste oder einem Karton saß: Fee!

Herr Kimpenski sah aus, als würde er am liebsten in den Fernseher kriechen. »Fee!«, hauchte er. »Meine Fee!«

So wie Blümchen, Gerda und Amanda starrte auch ich auf den Bildschirm und wusste zunächst überhaupt nicht, was das alles zu bedeuten hatte.

Als Fee plötzlich zu sprechen begann, schrie ich vor Schreck leise auf.

»Mein Liebling, bitte mach dir keine Sorgen um mich. Mir ist nichts passiert und ich werde auch gut behandelt.«

Ihre Stimme klang irgendwie seltsam, fand ich. Aber

das lag wahrscheinlich nur an der Videoaufnahme und dem Fernseher.

»Ich werde hier gefangen gehalten, aber man hat mir gesagt, dass mir nichts passiert und ich bald wieder nach Hause komme. Wenn das Bild in Sicherheit ist, werde ich freigelassen. Und darum bitte ich dich, die Polizei dazu zu bringen, dass sie ihre Ermittlungen einstellt, bis ich wieder bei dir bin. Bitte verspreche mir das, mein Liebling! Dann sehen wir uns bald wieder!«

Ein kurzes Flackern, dann war der Bildschirm wieder dunkel.

»Ja!«, brüllte Herr Kimpenski mit einem Mal den Fernseher an. »Ich verspreche es dir!«

Plötzlich wurde es sehr still in Herrn Kimpenskis Büro. Ich hätte den armen Hoteldirektor gern getröstet, aber ich brachte kein Wort heraus. Mir tat er nur Leid – aber vor allem natürlich Fee. Blümchen ging es wohl nicht anders. In ihren Augen glitzerte es verdächtig. Wahrscheinlich würde es nicht mehr lange dauern, bis Tränen über ihre Wangen kullerten. Und auch ihre Mama schluckte ein paarmal.

Amanda räusperte sich. »Sehen Sie auch die positive Seite, Herr Kimpenski. Ihr geht es augenscheinlich gut.«

»Aber wie lange noch?«, rief er. »Was soll ich nur tun?«

»Haben Sie eine Ahnung, wo dieses Video aufgenommen wurde?«, fragte Gerda zurück.

»Nicht nur eine Ahnung! Ich weiß es genau!«, sagte Herr Kimpenski.

»Wie bitte?«, rief Amanda. »Warum –«

»Es wurde in unserem Keller aufgenommen. Ich habe es sofort gesehen. In dem Karton, auf dem Fee gesessen hat, waren die Plakate für den Sandburgenwettbewerb. Die Veranstalter haben mich gebeten, sie für sie aufzubewahren, bis sie sie angebracht haben. Ich habe natürlich gleich in dem Keller nachgesehen. Aber Fee war nicht dort.«

»Schade«, seufzte Amanda. »Das wäre ja auch zu einfach gewesen.«

Ich weiß nicht, warum, aber plötzlich spukte ein Gedanke in meinem Kopf herum. Und wie bei der Zaubervorstellung hatte ich das Gefühl, dass etwas an diesem Video nicht stimmte. Und wieder wollte mir nicht einfallen, was das war.

»Ich werde sie retten!«, rief Herr Kimpenski. »Wenn ich nur wüsste, wie ich die Polizei dazu bringen könnte, ihre Nachforschungen einzustellen!«

»Ich kann mir nicht vorstellen, dass sich Kommissar Pauer darauf einlässt«, sagte Blümchen.

»Und das wäre auch nicht sehr klug«, ergänzte Gerda. »Sie sollten die Polizei über das Video informieren.«

»Und was wird aus Fee?«, rief Herr Kimpenski. »Was ist, wenn die Gangster ihr etwas antun?«

»Papa und seine Kollegen sind bestimmt vorsichtig«, versuchte ich es auch noch einmal.

Doch Herr Kimpenski blieb stur. »Nein, nein!«, rief er. »Kümmern Sie sich darum. Schließlich habe ich Sie als Privatdetektive engagiert!«

Amanda und Gerda sahen sich an.

»Also gut«, seufzte Amanda dann. »Wir werden sehen, ob wir etwas herausfinden können. Aber wenn die Sache zu gefährlich wird, informieren wir Kommissar Kaminski.«

»Und was soll ich machen?«, fragte Herr Kimpenski.

»Gar nichts. Am besten, Sie legen sich ein wenig hin und versuchen zu schlafen.«

»Schlafen?«, rief Herr Kimpenski. »Wie soll ich denn schlafen?«

»Versuchen Sie es«, sagte Amanda noch ein wenig freundlicher und streichelte seinen Arm.

Als wir aus dem Büro des Hoteldirektors kamen, kratzte sich Amanda am Kopf. »Mit Entführung ist nicht zu spaßen. Wir müssen uns gut überlegen, was wir jetzt tun.«

»Am besten das, was wir sowieso vorhatten«, schlug Gerda vor. »Wir fragen Pepe, was er über die Probleme zwischen Kimpenski und Hudoni weiß. Dieser Hudoni ist mir irgendwie unheimlich.«

»Mir auch!«, rief Blümchen sofort. »Vielleicht hat er Fee entführt!«

»Wie dem auch sei, Gerda hat Recht«, sagte Amanda. »Wir sollten versuchen, so viel wie möglich herauszufinden. Vielleicht bringen wir ja dann etwas Licht in diese verworrene Sache.«

»Hoffentlich passiert Fee nur nichts«, sagte Blümchen leise.

Ich überlegte einen Augenblick, ob ich ihr sagen sollte, dass mir bei dem Video etwas seltsam vorgekommen war.

Ich tat es dann aber doch nicht, sonst dachte sie womöglich noch, ich würde spinnen.

* 7 *

Wie nicht anders zu erwarten, fanden wir Pepe bei seinem Bus. Den hatte er in der Nähe des Strands geparkt, von wo aus er die Fortschritte im Sandburgenwettbewerb gut beobachten konnte. Das brachte uns wieder auf andere Gedanken.

»Wollen Sie mithelfen?«, lachte er, als er uns sah. »Die anderen sind sehr fleißig!«

Inzwischen hatten sich Opa Schraube und seine Jungs, aber auch das Geisterkränzchen mit Schaufeln, Eimern, Gießkannen und anderem Kram versorgt, mit dem ich früher im Sandkasten gespielt hatte. Damit buddelten sie an ihren Sandburgen herum, was das Zeug hielt. Sie waren so damit beschäftigt, dass sie uns noch nicht einmal bemerkten.

»Ich glaube, die Damen bauen ein Schloss«, lachte Pepe. »Was Schraube, Günter, Willi und Walter machen, habe ich noch nicht herausgefunden.«

Pepe hatte Recht. Was mich aber am meisten beeindruckte, war die Größe der Sandburgen. Eleonore, Hedwig und Elsbeth hatten eine Art Schlossturm aus Sand gebaut. Der war so hoch, dass sich sogar die lange

Elsbeth auf ihre Fußspitzen stellen musste, um ein selbst gebasteltes Fähnchen darauf zu setzen. Das Gebilde von Opa Schraube und seinen Jungs sah eher aus wie eine Dreizimmerwohnung, die fast größer war als unsere Wohnung zu Hause. Sie hatten so tief gegraben, dass Opa Schraube fast bis zu den Schultern in der Sandburg verschwand. Das will bei Opa Schraube zwar nicht viel heißen, aber für eine Sandburg war das schon ziemlich tief. Ich würde wahrscheinlich ganz darin verschwinden.

Amanda stellte sich an den Rand des Strandes, stemmte ihre Fäuste in die Hüfte und sah eine Weile zu.

»Unser Team ist dieses Mal wohl ein Totalausfall!«, schimpfte sie schließlich. »Und alles wegen eines Sandburgenwettbewerbs!«

»Touristen bauen immer Sandburgen!«, lachte Pepe. »Ich weiß auch nicht, warum!«

Amanda drehte sich zu ihm um. »Vielleicht wissen Sie ja etwas anderes.«

»Was meinen Sie?«

»Kimpenski und Hudoni!«

»Nein, bitte Sie nicht auch noch!«, rief Pepe. »Die beiden können sich nicht leiden. Das ist alles. Das habe ich den Jungs doch auch schon erzählt!«

Es war das erste Mal, dass ich Pepe nicht lachen sah.

Amanda setzte ein Lächeln auf, das Blümchen und ich sehr gut kannten. »Haben Sie nicht gesagt, Sie wollen sich zur Ruhe setzen?«, fragte sie dann Pepe.

»Ja, aber was …«

»Warum haben Sie es noch nicht getan?«

Pepe zuckte mit den Schultern. »Ich hab zwar einiges gespart, aber ganz reicht es noch nicht.«

Amandas Lächeln wurde breiter. »Das dachte ich mir. Wussten Sie eigentlich, dass Mr Moosbacher eine schöne Belohnung auf die Wiederbeschaffung des Bildes ausgesetzt hat? Wenn Sie uns helfen, würde Frau Wolff Sie bestimmt beteiligen.«

»Ganz bestimmt«, sagte Gerda.

»Sie haben gute Argumente«, sagte Pepe und setzte sich auf das Trittbrett seines Busses. »Also gut. Ich erzähle Ihnen, was ich weiß. Aber sagen Sie bitte niemandem, dass Sie es von mir gehört haben – jedenfalls solange Sie die Belohnung noch nicht haben.«

Amanda setzte sich neben ihn. »Na, dann erzählen Sie mal.«

»Eigentlich gibt es gar nicht viel zu erzählen. Die Familien der beiden wohnen schon seit Generationen hier in Südstrand. Sie waren sogar miteinander befreundet. Aber dann gab es einen schlimmen Streit zwischen Hudonis Vater und dem alten Kimpenski. Dabei ging es um das Haus, in dem Hudoni jetzt lebt.«

»Das Geisterschloss?«, fragte Blümchen.

»Ja, genau!«, lachte Pepe. »Allerdings sah es früher viel freundlicher aus. Hudoni hat es wohl so hergerichtet, damit er seine Ruhe vor Touristen hat.«

»Was ist denn mit dem Haus?«, fragte Gerda.

»Früher gehörte nicht nur das Hotel, sondern auch dieses Haus den Kimpenskis. Eines Tages aber musste der alte Kimpenski es Hudonis Vater überlassen. Warum, weiß bis heute niemand so genau. Die meisten glauben, Kimpenski hätte es beim Kartenspielen an Hudoni verloren.«

»Ist ja wie im Film«, unterbrach ich Pepe.

»Stimmt!« Pepe grinste. Dann wurde er wieder ernst. »Darüber ist jedenfalls die Freundschaft der Familien zerbrochen. Dann war eigentlich Ruhe ... bis vor ungefähr einem Jahr. Da wollte Kimpenski plötzlich das Haus von Hudoni zurückhaben. Angeblich hätte er Beweise, dass Hudonis Familie das Haus zu Unrecht bekommen hat.«

»Was will er denn mit dem schrecklichen Kasten?«, fragte Blümchen.

Pepe rieb Daumen und Zeigefinger aneinander. »Geld! Hudonis Haus liegt sehr schön. Direkt am Meer, viel schöner als das Hotel. Wie man hört, wollen die Leute lieber dort wohnen, wo sie einen Meerblick genießen können. Wenn man den Gerüchten glauben kann, geht es dem Hotel darum auch immer schlechter. Die Gäste gehen lieber in Hotels am Meer.«

»Wenn es dem Hotel nicht so gut geht, woher will Herr Kimpenski das Geld nehmen, um Hudonis Haus zu einem Hotel umzubauen?«, fragte Gerda.

Pepe zuckte mit den Schultern. »Keine Ahnung. Vielleicht will er sein Hotel ja verkaufen oder er beschafft sich das Geld woanders.« Plötzlich stutzte Pepe. »Sie glauben doch nicht, dass Kimpenski das Bild gestohlen hat, um Geld für ein neues Hotel zu beschaffen?«

»Das haben Sie gesagt«, erwiderte Amanda. »Aber nach dem, was Sie uns erzählt haben, ist diese Möglichkeit nicht ganz unwahrscheinlich.«

»Ach, hätte ich lieber nichts gesagt«, seufzte Pepe.

»Keine Angst. Wir verdächtigen niemanden, solange wir keine Beweise haben.«

»Das ist auch gut so«, sagte Pepe. »Herr Kimpenski ist nämlich ein sehr netter Mann. Er besorgt mir immer viele Fahrgäste.«

Wir ließen einen ziemlich nachdenklichen Pepe am Strand zurück. Ich hatte ein schlechtes Gewissen, dass ausgerechnet wir ihm das Lachen abgewöhnt hatten.

»Interessante Geschichte«, meinte Gerda zu Amanda.

»Zumindest wäre es ein Motiv«, sagte Amanda nachdenklich. »Andererseits ist Geld immer ein Motiv. Wenn man es genau nimmt, ist die ganze Sache nur komplizierter geworden. Ich frage mich, ob Kimpenski die Möglichkeit hatte, ungehindert in den Elektroraum zu kommen. Schließlich ist er der Hoteldirektor.«

»Ich kann mir nicht vorstellen, dass er seine eigene Freundin entführt«, erwiderte Gerda. »Außerdem hätte sich nach dem Raub bestimmt jemand an ihn erinnert.«

Ich stieß Blümchen an.

Sie wusste auch gleich, warum. »Ich habe da eine Idee, wie jemand vom Theater aus dorthin kommen könnte.«

Amanda und Gerda blieben gleichzeitig stehen.

»Eine Idee?«, fragte Amanda. »Dann erzähl sie uns!«

Als Blümchen fertig war, sagte Amanda nichts, sondern lief mit ihren Händen auf dem Rücken auf und ab.

»Theoretisch ist das möglich«, sagte Gerda.

Amanda nickte. »Das ist gut, Blümchen. Sehr gut sogar! Kinder, ihr werdet immer besser!«

Blümchen wuchs ein paar Zentimeter und strahlte mich an.

»Aber wer wäre zu so einem halsbrecherischen Manöver in der Lage?«, fragte Blümchens Mama.

»Das wissen wir leider auch nicht«, sagte ich. »Habt ihr eine Idee?«

Gerda schüttelte den Kopf.

Amanda seufzte. »Ich leider auch nicht. Jedenfalls nicht im Augenblick. Vielleicht hilft es mir, wenn ich mit Sister X ein wenig darüber nachdenke.«

»Was ist mit Horst?«, fragte Gerda. »Zumindest sollten wir ihm davon erzählen – wenn wir ihm schon das Video verheimlichen.«

»Warum nicht?«, sagte Amanda. »Er hat uns eine Menge erzählt. Da wird es Zeit, dass wir ihm auch ein wenig helfen.«

Wir hatten Glück. Papa saß in der kleinen Polizeistation von Südstrand in einem noch kleineren Büro. Zum Glück war sonst niemand da, sonst hätte es bestimmt wieder Ärger wegen Sister X gegeben.

»Das ist aber eine Überraschung!«, rief er. »Schön, dass ihr mich besuchen kommt! Und Gerda ist auch dabei! Wollt ihr etwas trinken?«

»Gerne«, antwortete Gerda. »Vor allem wollten wir dir aber erzählen, dass Blümchen eine Idee hat, wie der Dieb vom Theater in den Elektroraum gekommen sein könnte.«

»Das ist ja interessant«, sagte Kommissar Pauer hinter uns.

Papa sprang von seinem kleinen Bürostuhl auf. »Können Sie nicht anklopfen?«

»Warum? Sind wir hier im Sanatorium oder was? Also, ich höre. Welchen Weg soll der Dieb eurer Meinung nach genommen haben?«

Ich sah Papa an. Der verzog zwar seinen Mund, nickte dann aber doch. So erzählte meine Freundin zum dritten Mal an diesem Tag ihre Theorie.

»So ein Blödsinn!«, rief Kommissar Pauer, als sie noch gar nicht ganz damit fertig war. »Völlig unmöglich!«

»Das finde ich nicht«, sagte Papa. »Zumindest theoretisch –«

»Quatsch! Außerdem bin ich darauf auch schon längst gekommen.«

»Ach ja?«, fragte Papa. »Und warum haben Sie nichts davon erzählt?«

»Weil ... es viel zu unwahrscheinlich ist. Aber das kommt davon, wenn man Amateure die Arbeit der Polizei machen lässt. Von jetzt an haltet ihr euch da raus, habt ihr verstanden? Geht zum Strand oder fahrt am besten gleich nach Hause!«

»Das müssen Sie schon uns überlassen, Herr Kommissar!«, fuhr Amanda ihn an.

»Ja! Leider!« Damit machte Papas Kollege auf dem Absatz kehrt und knallte die Bürotür hinter sich zu.

»Dieser Kerl!«, schimpfte Amanda. »So ein eingebildeter, unfreundlicher, blöder, ungehobelter, alter ...«

»Mistkerl?«, ergänzte ich.

»Dieses Wort ist zwar ungehörig, aber ein besseres fällt mir auch nicht ein.«

»Findest du Blümchens Idee auch so abwegig?«, fragte Gerda Papa.

»Eigentlich überhaupt nicht. Nur, wer sollte ein so halsbrecherisches Manöver riskieren?«

»Wir hatten gehofft, dass du vielleicht eine Idee hast«, sagte ich.

Papa schüttelte bedauernd den Kopf.

»Und jetzt?«, fragte Blümchen.

»Wir müssen weiter überlegen. Solange uns niemand einfällt, wird keiner – meine Kollegen nicht und erst recht nicht Pauer – diese Möglichkeit ernsthaft in Betracht ziehen.«

Auf dem Rückweg zum Hotel herrschte ziemlich gedrückte Stimmung. Sogar Sister X ließ ihre Ohren hängen.

Plötzlich stieß Blümchen mich an. »Mama denkt nach«, flüsterte sie mir zu.

»Woher weißt du das?«

»Sie macht dabei immer so ein blödes Gesicht, aber das sage ich ihr natürlich nicht.«

Ich musste grinsen.

»Woran denkst du, Mama?«, fragte Blümchen.

»An die Privatdetektive von Mr Moosbacher. Sie haben sich nach den Artisten erkundigt. Vielleicht hatten sie ja eine ähnliche Idee wie du und wollten herausfinden, ob einer von Hudonis Artisten etwas weiß.«

»Oder sie suchen nach einem Artisten, der das selbst könnte«, sagte ich, fast ohne zu überlegen.

Mit einem Ruck blieb Amanda stehen und sah mich an. »Ich muss schon sagen, ihr beide steckt voller Überraschungen! Da wachsen zwei prächtige Detektivinnen heran!«

»Meine Tochter!«, rief Gerda.

»Meine Freundin!«, rief Blümchen.

»Glaubst du denn, es könnte so sein?«, fragte ich Amanda.

»Auf jeden Fall wäre es eine Möglichkeit.«

»Dann lasst uns doch zu Mr Moosbacher gehen und ihn fragen«, schlug Gerda vor. »Er ist zwar sehr reich, aber auch mit den Leuten kann man reden.«

»Das gefällt mir!«, strahlte Amanda.

»Können Sie mir sagen, wo wir das Zimmer von Mr Moosbacher finden?«, fragte Amanda Rüdiger, als wir wieder einmal vor seiner Rezeption standen.

»Das kann ich selbstverständlich nicht!«, rief Rüdiger entrüstet. »Solche Auskünfte zu geben ist uns strengstens untersagt!«

»So, wie Tiere mit aufs Zimmer zu nehmen?«, fragte Amanda freundlich.

Rüdiger wurde blass. »Wie meinen Sie das?«

»Hätten Sie gedacht, dass ich es schaffen könnte, ein außerirdisches Schaf mit auf mein Zimmer zu nehmen?«

Rüdiger schüttelte den Kopf und seine Unterlippe begann zu zittern.

»Sehen Sie. Warum sollte ich es also nicht auch schaffen herauszufinden, wo Mr Moosbacher wohnt? Warum ersparen Sie sich nicht die ganze Aufregung und sagen mir gleich, wo sein Zimmer ist?«

»Präsidentensuite«, hauchte Rüdiger. »Mr Moosbacher wohnt selbstverständlich in der Präsidentensuite.«

»Und wo finde ich die?«

»Unter dem Dach. Rechter Aufzug. Oberster Knopf.«

»Danke, mein Lieber«, sagte Amanda und tätschelte Rüdigers zitternde Hand.

Vor der Tür der Präsidentensuite standen zwei Männer, die die Zwillinge von Hans und Franz hätten sein können. Allein ihr Blick reichte, um meine Knie zittern zu lassen.

»Das wird nicht einfach«, raunte Gerda uns zu.

Amanda steuerte unverdrossen auf die beiden zu. »Guten Tag, meine Herren. Mein Name ist Amanda X. Und das ist Frau Wolff und ihre Tochter Blümchen, sowie deren Freundin Ricki. Und selbstverständlich mein außerirdisches Schaf Sister X. Würden Sie uns bitte durchlassen? Wir würden gern mit Mr Moosbacher sprechen.«

Die Zwillinge verzogen keine Miene. Stattdessen verschränkten sie die Arme vor der Brust.

»Verstehen Sie mich?«, fragte Amanda. »Wir würden gern mit Mr Moosbacher sprechen.«

Die Zwillinge runzelten nur die Stirn.

»Vielleicht Englisch?«, fragte Amanda. »We would like –«

»Kein Moosbacher!«, brummte der rechte Zwilling.

»Aha«, sagte Amanda. »Und was heißt das? Ist er nicht zu Hause?«

»Kein Zutritt! Raus!«, brummte der linke Zwilling.

Amanda seufzte und sah sich zu uns um. »Ihr Wortschatz scheint ein wenig begrenzt zu sein. Vielleicht sollte ich es mit Zeichensprache versuchen. – Oder ich überlasse sie Sister X.«

»Wie meinst du das?«, fragte ich.

»Sister X weiß schon, wie ich das meine. Nicht wahr, meine Gute?« Sister X sah Amanda durch die Sonnenbrille an. Dann nahm Amanda unseren Arm. »Kommt, wir gehen eine Weile hinaus.«

Bevor wir etwas sagen konnten, hatte Amanda uns in den Aufzug geschoben und drückte auf den Knopf für das Erdgeschoss.

»Warum fahren wir wieder hinunter?«, fragte Gerda. »Haben wir etwas vergessen?«

»Nein, ich will Sister X nur ein wenig Zeit geben, sich mit den beiden Herren zu beschäftigen. Dabei ist sie lieber allein.«

»Und was macht sie mit ihnen?«, fragte Blümchen.

»Das weiß ich nicht. Aber ich bin sicher, sie lässt sich etwas Hübsches einfallen.«

Mittlerweile hatten wir uns alle daran gewöhnt, dass Amanda und Sister X ihre Geheimnisse haben, die sie uns nicht verraten. Darum fragen wir bei solchen Gelegenheiten auch nicht weiter nach. Und vor allem wundern wir uns über fast gar nichts mehr.

Als wir dann aber wieder im obersten Stockwerk angekommen waren und sich die Aufzugtür öffnete, hätte es mich beinahe umgehauen.

Die beiden Muskelpakete saßen auf dem weichen Teppichboden und klatschten sich gegenseitig in die Hände. »Ene mene Miste, es rappelt in der Kiste!«

Sister X stand neben ihnen und sah interessiert zu.

»Wie … was hat sie mit ihnen gemacht?«, stammelte ich.

Amanda lächelte mich an. »Das musst du Sister X fragen. Aber ich fürchte, sie antwortet dir nicht – so wie mir übrigens auch nicht.«

Ohne Probleme kamen wir an den singenden Leibwächtern vorbei und Amanda klopfte an die Tür.

»Warum klopft ihr an?«, kreischte uns Herrn Schimmels Stimme durch die geschlossene Tür entgegen. »Kommt doch einfach rein, ihr Idioten!«

»Wenn man so nett gebeten wird«, meinte Amanda und öffnete die Tür.

»Was … Sie? Was haben Sie hier zu suchen?«, schrie Herr Schimmel, dass meine Ohren klingelten. »Wo sind die Jungs?«

»Wenn Sie Ihre schweigsamen Türwächter meinen, die spielen mit Sister X.«

»Was ist los? Wollen Sie mich –«

Auf der anderen Seite des Zimmers öffnete sich eine Tür und Mr Moosbacher kam herein. Die Präsidentensuite schien also mehrere Zimmer zu haben.

»Was ist denn, Herr Schimmel? Warum schreien Sie so?«

»Stellen Sie sich vor, Mr Moosbacher! Diese Leute sind einfach …«

»Ach, Sie sind es!«, strahlte Mr Moosbacher Amanda an. »Wo haben Sie denn Ihr Schaf?«

»Aber Mr Moosbacher!« Herrn Schimmels Stimme überschlug sich fast. »Diese Leute sind unbefugt hier eingedrungen!«

»Nun regen Sie sich nicht auf, Herr Schimmel. Wenn Sie so weitermachen, bekommen Sie noch einen Herzinfarkt. Ich glaube nicht, dass die Damen mir etwas zuleide tun wollen.«

»Ganz gewiss nicht, Herr Moosbacher«, sagte Gerda. »Wir möchten Sie nur kurz sprechen. Es geht um das gestohlene Bild.«

Mr Moosbachers freundliches Gesicht verfinsterte sich. Er konnte sicher auch sehr unfreundlich werden. Das sah ich gleich.

»Das Bild? Haben Sie es gefunden?«

»Das leider nicht«, antwortete Amanda. »Aber wir suchen es – im Auftrag von Herrn Kimpenski.«

»Ach, Sie sind das. Er hat mir davon erzählt. Dann kommen Sie herein, aber ich habe nicht viel Zeit. Und Sie kommen bitte auch mit, Herr Schimmel.«

»Selbstverständlich, Mr Moosbacher. Ganz wie Sie wünschen.«

»Nach oben kriechen und nach unten treten. Typisch!«, sagte Gerda leise.

Das Zimmer, in das uns Mr Moosbacher führte, war eine Art Wohnzimmer. Ich hätte nie gedacht, dass es so große Zimmer in einem Hotel gab. Dagegen war unser Zimmer eine Abstellkammer.

»Setzen Sie sich«, sagte Mr Moosbacher und zeigte auf mehrere große Sessel.

Ich versank so tief darin, dass ich Angst hatte, ich würde überhaupt nicht mehr aufstehen können.

»Wie Frau Wolff schon gesagt hat, wollen wir Ihre Zeit nicht lange in Anspruch nehmen«, begann Amanda. »Darum komme ich gleich zur Sache. Warum haben Sie Privatdetektive auf Herrn Hudonis Artisten angesetzt?«

»Ach, das wissen Sie?«, sagte Mr Moosbacher. »Nicht schlecht, nicht schlecht. Aber ich verstehe die Frage nicht. Das liegt doch auf der Hand! Immerhin ist jemand aus Hudonis Truppe flüchtig.«

»Flüchtig?«, fragte Gerda. »Sie ist verschwunden!«

»Jemand wurde in der Nähe des Ausstellungsraums gesehen, der augenscheinlich ein Bild bei sich trug. Und zur gleichen Zeit löst sich diese Dame in Luft auf. Ich zähle nur zwei und zwei zusammen, gnädige Frau.«

Ich musste mir auf die Lippe beißen, um nicht von dem Video zu erzählen.

»Sie stand aber auf der Bühne!«, rutschte es mir dann

doch heraus und ich wunderte mich selbst über meinen Mut.

»Mr Moosbacher weiß genau, was er tut!«, rief Herr Schimmel dazwischen. »Und darum werden wir auch –«

»Halten Sie den Mund, Schimmel!«, fuhr sein Chef ihn an.

Herr Schimmel war auch sofort still. Nur sein Mund klappte noch auf und zu.

»Ganz abgesehen davon, ob sie die Diebin ist oder nicht. Ich will sie auf jeden Fall finden. Denn nur dann erlaubt die Polizei die Ausstellung zu eröffnen. Und darum bin ich schließlich hier. Ich habe meine Zeit nicht gestohlen.«

»Warum überlassen Sie die Sache dann nicht der Polizei?«, fragte Amanda.

Wie vorhin verfinsterte sich Mr Moosbachers Gesicht wieder. »Die ist unfähig. Schließlich hat Herr Kimpenski Sie ja auch eingeschaltet.«

»Aber wir sind nicht hinter Fee her, so wie Sie!«, rief nun auch Blümchen.

»Oder suchen Sie nicht doch nach einem anderen Artisten?«, fügte ihre Mama hinzu. »Jemand, der bisher noch gar nicht in Erscheinung getreten ist?«

Mr Moosbacher schüttelte lächelnd den Kopf. »Ich kann Ihnen nur so viel sagen: Die Ermittlungen meiner Leute sind so gut wie abgeschlossen.«

»Heißt das, Sie haben den Dieb?«, fragte Amanda.

»Das leider noch nicht, meine Dame. Aber ich bin sicher, wir werden der Polizei bald einen Bericht vorlegen können.«

»Und was steht da drin?«, platzte es aus mir heraus.

Mr Moosbacher sah mich so durchdringend an, dass mir schlecht wurde. »Das, junge Dame, werde ich dir sicher nicht verraten.«

Wieder dachte ich, dass Mr Moosbacher wahrscheinlich wirklich unangenehm werden konnte. Aber man wird wohl nicht so reich wie er, wenn man immer nur nett ist.

Diese unangenehme Seite von Mr Moosbacher würden seine Leibwächter wohl auch zu spüren bekommen. Sie saßen nämlich immer noch vor der Präsidentensuite und spielten Backe, backe Kuchen.

»Komm, meine Gute«, rief Amanda Sister X zu, die auch gleich wieder an Amandas Seite trabte.

✳ 8 ✳

»Glaubst du, sie halten Fee für die Diebin?«, fragte Blümchen Amanda, als wir im Aufzug standen.

»Auf jeden Fall wissen sie nichts von der Entführung«, sagte ich.

»Bei solchen Leuten weiß man nie genau, woran man ist. Mr Moosbacher könnte auch geblufft haben.«

»Wenn nicht, werden wir es bestimmt erfahren«, sagte Gerda. »Wenn er seinen Bericht der Polizei übergibt, wird Horst uns Bescheid sagen.«

»Vielleicht weiß er mittlerweile sogar schon etwas«, meinte Amanda.

»Wir könnten ihn anrufen und fragen, ob er zum Abendessen kommt«, schlug ich vor. »Das lässt er sich bestimmt nicht entgehen.«

»Darauf würde ich wetten!«, lachte Gerda.

Als wir in unserem Zimmer waren, suchte ich aus dem Telefonbuch, das wir vorher schon in einer der Schubladen entdeckt hatten, die Nummer der Polizei heraus und rief dort an. Zum Glück konnte ich mich mit Papa verbinden lassen, ohne an Pauer zu geraten.

»Ich soll zum Abendessen kommen?«, fragte Papa. »Warum denn?«

»Wir haben Angst, dass du bei dem Zeug, das es in deinem Hotel gibt, noch verhungerst«, log ich.

»Na, wenn das so ist, dann komme ich natürlich gerne. – Ist Gerda auch da?«

»Sicher. Um sieben Uhr dann?«

»Um sieben Uhr.«

»Und?«, fragte Blümchen, als ich den Hörer aufgelegt hatte.

»Er hat angebissen. Logisch. Und er hat gefragt, ob deine Mama auch da ist.«

»Ob er in sie verliebt ist?«

»Zumindest findet er sie sehr nett. Aber schüchtern, wie er ist, wird er sich wohl nie trauen, ihr das zu sagen.«

»Vielleicht ist es ja auch besser so«, meinte Blümchen nachdenklich.

»Meinst du, falls dein Papa und meine Mama doch noch wiederkommen?«

»Sicher. Was denn sonst? Ich muss immer wieder an sie denken. Sie sind doch auch spurlos verschwunden, genau wie Fee. Vielleicht wurden sie ja auch entführt.«

Ich sah sie erstaunt an. »Das war doch was ganz anderes. Außerdem will ich mir davon nicht den Urlaub verderben lassen. Was hältst du davon, wenn wir noch mal zum Pool gehen? Bis zum Abendessen sind es noch fast zwei Stunden!«

Einen Augenblick überlegte Blümchen, dann schüttelte sie sich. »Ja, du hast Recht. Lass uns schwimmen gehen.«

Pünktlich um sieben Uhr saßen wir in unserem Konferenzraum. Hinter uns standen, wie immer, ein paar Geister. Mittlerweile bemerkte ich sie kaum noch. Wahrscheinlich war das auch der Sinn ihres Herumschleichens.

Papa war noch nicht da, dafür unsere Sandburgenbauer. Sie konnten sich kaum auf ihren Stühlen halten, so müde waren sie.

»Morgen müssen wir reinhauen, Jungs!«, rief Opa Schraube. »Wenn wir bis übermorgen fertig werden wollen, dürfen wir uns nicht schonen!«

»Wir werden ganz sicher fertig, nicht wahr, meine Lieben?«, sagte Eleonore.

Elsbeth und Hedwig nickten heftig.

»Dafür wird unsere Burg viel schöner!«

»Das werden wir ja sehen!«

»Erinnert ihr euch eigentlich noch an den Grund, warum ihr hier seid?«, fragte Amanda dazwischen.

»Ach ja! Der Fall!«, rief Opa Schraube, wobei ihm das schlechte Gewissen ins Gesicht geschrieben stand. »Äh – Gibt's da was Neues?«

»Wenn Sie sich ein wenig an den Ermittlungen beteiligt hätten, wüssten Sie es.«

»Nun stellen Sie sich doch nicht so an, Sie alte Schachtel!«

»Schraube!«, fuhr Walter ihn an. »So redet man nicht mit einer Dame!«

»Vor allem nicht, wenn man etwas von ihr wissen will«, grinste Günter.

Amanda konnte nicht mehr darauf antworten, denn Papa kam herein und ließ sich auf einen Stuhl fallen.

»Da bist du ja, Horst!«, freute sich Gerda. »Möchtest du etwas essen?«

»Nein danke. Mir ist der Appetit vergangen. Dieser Fall macht mich noch verrückt. Jeden Tag eine neue Überraschung! Die Leute von Kommissar Lieb haben etwas über die verschwundene Assistentin herausbekommen.«

»Über Fee?«, fragte ich. »Was denn?«

»Der Familienname ihrer Mutter war Albertus.«

»Und?«, fragte Willi.

»Das können Sie nicht wissen, mein Guter«, sagte Eleonore. »Wahrscheinlich spricht man in Ihrer ... Gaststätte nicht oft über Kunst. Josef Albertus war der Maler, dessen Bild gestohlen wurde.«

»Heißt das, Fee ist mit ihm verwandt?«, fragte Elsbeth.

»Und wie«, antwortete Papa. »Sie ist seine Enkelin. Eine Entführung wird jetzt natürlich immer unwahrscheinlicher. Wir müssen sogar davon ausgehen, dass sie es war, die das Bild gestohlen hat.«

Ich sah zu Gerda, Blümchen und Amanda. Besonders Gerda sah so aus, als würde sie Papa am liebsten von dem Video erzählen. Aber noch hielt sie sich an unsere Abmachung, so wie wir anderen auch.

»Das Bild ihres eigenen Großvaters?«, rief Eleonore und rümpfte die Nase. »Schändlich! Schändlich!«

»Und wie sollte Fee das Bild stehlen, wenn sie zur gleichen Zeit auf der Bühne stand?«, fragte ich.

»Keine Ahnung!«, seufzte Papa. »Ich sag ja, dieser Fall macht mich noch verrückt!«

»Was habt ihr denn jetzt vor?«, fragte Gerda.

»Lieb überlegt, was er machen soll. Pauer weiß noch nichts davon, aber wenn er es erfährt, wird er bestimmt eine Großfahndung einleiten, so wie ich ihn kenne.«

Opa Schraube ließ sich auf seinem Stuhl zurückfallen. »Sieht nicht gut aus für die Kleine!«

Amanda sah Gerda kurz an, als wüsste sie nicht genau, was sie machen sollte.

Ich hielt es nicht mehr aus. »Sag es ihm bitte!«, platzte es aus mir heraus.

»Es ist bestimmt besser so!«, rief auch Blümchen.

Papa sah verdutzt von einem zum anderen. »Wer soll mir was sagen? Könnt ihr vielleicht aufhören in Rätseln zu sprechen?«

Amanda holte tief Luft. »Also gut«, sagte sie dann. »Vielleicht haben wir ja Informationen, die den Fall wieder in einem ganz anderen Licht erscheinen lassen.«

»Ihr habt Informationen?«, fragte Papa. »Ihr wisst, dass ihr die nicht vor der Polizei verheimlichen dürft.«

»Darum erzähle ich es ja auch«, schmunzelte Amanda. »Lasst uns zu Herrn Kimpenski gehen. Dann wird sicher klar, was ich meine.«

»Sollen wir auch mitkommen?«, fragte Opa Schraube.

Amanda sah ihn mit zusammengezogenen Augenbrauen an. Sie wusste natürlich gleich, warum er das gefragt hatte.

»Nein, nein, geht ruhig zum Strand«, sagte sie dann. »Im Augenblick brauchen wir euch nicht.«

Das ließen sich Opa Schraube und seine Freunde nicht zweimal sagen. Und selbstverständlich hatte es auch das Geisterkränzchen plötzlich sehr eilig.

Als Rüdiger uns alle auf sich zukommen sah, brachte er sich mit einem Sprung durch die Tür hinter der Rezeption in Sicherheit. Allerdings hatte er wohl nicht damit gerechnet, dass wir ihm folgten. Mit schreckensweiten Augen drückte er sich gegen die Wand und wäre wohl am liebsten darin verschwunden.

»Ist Herr Kimpenski in seinem Büro?«, fragte Amanda ihn, freundlich wie immer.

»Ja – nein – weiß nicht«, stammelte Rüdiger.

»Ah ja. Danke für die Auskunft. Dann sehen wir selbst nach.«

Der Hoteldirektor saß tatsächlich noch in seinem Büro. Als er Papa entdeckte, sprang er hinter seinem Schreibtisch auf.

»Sie haben mir doch versprochen, die Polizei nicht zu informieren!«

»Wie bitte?«, rief Papa. »Jetzt reicht es allmählich. Ich will sofort wissen, was hier gespielt wird!«

»Kein besonders schönes Spiel, mein lieber Horst«, antwortete Amanda. »Die Situation hat sich geändert,

Herr Kimpenski. Würden Sie dem Kommissar bitte das Video zeigen?«

»Video?«, fragte Papa. »Hören Sie! Wenn Sie der Polizei Beweismaterial vorenthalten, machen Sie sich strafbar! Das ist Ihnen hoffentlich klar!«

Bei den Worten »Beweismaterial« und »strafbar« war Herr Kimpenski zusammengezuckt. Er sah Amanda und Gerda Hilfe suchend an. Als die sich nicht rührten, holte er schließlich seufzend das Video aus dem Schreibtisch und schob es in den Rekorder.

Je länger das Video lief, desto größer wurden Papas Augen.

Auch ich sah noch einmal genau hin. Vielleicht fiel mir ja dieses Mal auf, was an dem Video nicht stimmte. Genau in dem Augenblick, als Fee vom Bildschirm verschwand und nur noch wildes Schneegestöber zu sehen war, wusste ich es plötzlich! Es war, als hätte mich jemand wachgerüttelt.

»Und das wolltet ihr mir vorenthalten?«, riss Papa mich aus meinen Gedanken und strafte mich mit dem strengsten Vaterblick, den er auf Lager hatte.

»Wir hatten nur Angst um Fee«, antwortete ich mit dem unschuldigsten Tochterblick, den ich auf Lager hatte.

»Wir konnten sie doch nicht noch mehr in Gefahr bringen«, stand meine Freundin mir bei.

»Glaubt ihr etwa, die Polizei will sie in Gefahr bringen?«, entgegnete Papa. »Ich muss sofort die Kollegen informieren. Entführung ist eine böse Sache – sehr böse!

Am besten ich informiere auch sofort den Polizeipräsidenten!«

»Polizeipräsident?«, rief Herr Kimpenski. »Warum nicht gleich die Zeitung und das Fernsehen?«

Ich fand auch, dass Papa ein wenig übertrieb. Wahrscheinlich hatte er Angst, wieder mal etwas falsch zu machen. Außerdem war da noch meine Entdeckung. Und das mussten Papa und die anderen so schnell es ging erfahren! Den Hoteldirektor wollte ich nicht einweihen. Schließlich war, wenn ich Recht hatte, nicht nur mit dem Video etwas oberfaul!

»Kann ich euch mal kurz sprechen? Allein?«, fragte ich mit einem Blick auf Herrn Kimpenski.

Meine Freundin, Papa, Gerda und Amanda sahen mich an.

»Allein?«, fragte Gerda.

»Ja, es ist wichtig!«

»Ich kann ja solange hinausgehen«, sagte Herr Kimpenski und stand auf. Er schien beleidigt zu sein, aber das war mir egal.

»Was ist denn?«, fragte Blümchen, als er die Tür hinter sich geschlossen hatte.

»Mir ist da etwas aufgefallen. Erst war es nur ein komisches Gefühl, aber dann war ich mir sicher.«

»Was meinst du?«, fragte Papa.

»Die Kartons!«, rief ich. »Die Kartons mit den Plakaten für den Sandburgenwettbewerb! Die waren noch im Keller. Herr Kimpenski hat gesagt, dass Fee darauf gesessen hat, als das Video aufgenommen wurde.«

»Mensch, Ricki!«, rief Blümchen. »Jetzt weiß ich, was du meinst! An dem Tag, an dem wir angekommen sind, wurden die Plakate aufgehängt. Und das war …«

»Einen Tag vor dem Bilderraub«, ergänzte ich.

»Tatsächlich?«, fragte Amanda. »Wisst ihr das genau?«

»Klar! Als wir zum ersten Mal am Strand waren, haben wir es gesehen!«

»Das heißt, das Video wurde vor dem Bilderraub aufgenommen«, sagte Amanda nachdenklich.

»Das würde ja bedeuten, dass Fee nicht wegen des Bildes entführt wurde!«, rief Gerda.

»Sie wurde wahrscheinlich überhaupt nicht entführt«, ergänzte Amanda. »Glückwunsch, Ricki! Das war wirklich gut beobachtet.«

Aus den Augenwinkeln sah ich, wie Blümchen mich anstrahlte, und ich spürte, dass ich rot wurde. Und das kommt sehr selten vor!

»Alles nur Schwindel?«, fragte Papa ungläubig. »Dann ist Fee doch die Diebin?«

»Wie denn?«, fragte Blümchen zurück. »Sie war doch auf der Bühne!«

»Vielleicht hatte sie ja einen Komplizen.«

Amanda zuckte mit den Schultern. »Möglicherweise. Die ganze Sache wird immer verworrener. Einerseits kann Fee es nicht gewesen sein, andererseits ist das Video offensichtlich gefälscht. Nur warum?«

»Keine Ahnung«, seufzte Gerda. »Was machen wir

denn jetzt mit dem armen Herrn Kimpenski? Sollen wir ihm sagen, was Ricki entdeckt hat?«

Amanda schüttelte energisch den Kopf. »Mittlerweile traue ich niemandem mehr. Ich fürchte, wir sind auf uns allein gestellt.«

»Und was ist mit der Polizei?«, fragte ich Papa.

»Die lassen wir erst einmal aus dem Spiel«, antwortete Amanda, bevor Papa etwas sagen konnte.

»Nein, nein! Das ist nicht möglich!«, rief Papa dann aber doch.

»Amanda hat Recht«, sagte Gerda. »Stell dir vor, Pauer erfährt davon. Der macht alles bestimmt nur noch komplizierter.«

Papa kratzte sich am Kopf. »Da könntet ihr allerdings Recht haben. Andererseits –«

»Geben Sie uns zwei Tage, lieber Horst«, unterbrach Amanda ihn. »Nur zwei Tage. Wenn wir den Fall bis dahin nicht aufgeklärt haben, können Sie und der Rest der Polizei sich darum kümmern.

»Also gut«, seufzte Papa. »Zwei Tage. Aber nicht mehr!«

»Glaubst du, Fee ist die Diebin?«, fragte ich Amanda, als Papa gegangen war.

Amanda nickte. »Das kann schon sein. Aber der Großvater hat mich hellhörig werden lassen. Selbst wenn sie das Bild gestohlen hat, ist sie für mich keine normale Diebin.«

»Du meinst, sie hat das Bild von ihrem Opa nicht geklaut, um es zu Geld zu machen?«, fragte Blümchen.

»Genauso ist es. Wenn die Familie eine Rolle spielt, dann steckt etwas anderes dahinter. Da bin ich mir ganz sicher.«

»Wartet mal«, sagte Blümchen plötzlich. »Vielleicht irren wir uns ja auch.«

»Wie meinst du das?«, fragte ich.

»Wir wissen doch gar nicht, ob alle Plakate aufgehängt wurden, oder ob die Kartons vielleicht leer waren, auf denen Fee gesessen hat, als das Video aufgenommen wurde.«

»Das stimmt«, sagte Gerda. »Dann wären die Kartons kein Beweis dafür, dass der Bilderraub nach der Aufnahme geschah.«

»Das lässt sich leicht herausfinden«, sagte Amanda leichthin. »Wir fragen Rüdiger.«

»Vielleicht sollte ich das lieber übernehmen«, schmunzelte Gerda. »Der arme Junge hat doch so eine Angst vor Sister X.«

»Hallo! Warten Sie bitte, Rüdiger!«, rief Gerda, als wir in die Hotelhalle kamen und sahen, dass Rüdiger gerade durch die Hintertür fliehen wollte.

Der leidgeprüfte Hotelangestellte blieb stehen und drehte sich langsam zu uns um. »Ja, bitte? Was kann ich für Sie tun?«

»Wir hätten gern eines von den Plakaten für den Sandburgenwettbewerb«, schwindelte Blümchens Mama.

»Haben Sie noch welche in Ihrem Keller? Ihr Chef hat uns gesagt, Sie hätten die Plakate dort aufbewahrt.«

»Das stimmt«, sagte Rüdiger sichtlich erleichtert, als er merkte, dass unsere Bitte nichts mit Sister X zu tun hatte. »Aber leider haben wir die Plakate nicht mehr. Die Veranstalter haben sie alle wieder mitgenommen, nachdem sie die Plakate angebracht haben.«

»Und es sind keine übrig geblieben?«, fragte ich.

Rüdiger schüttelte den Kopf. »Leider nicht. Sie wurden alle abgeholt oder aufgehängt – ohne Ausnahme. Ich hätte selbst gern eins gehabt. Mir gefallen sie nämlich auch sehr gut.«

»Schade«, seufzte Gerda und zwinkerte uns zu.

»Sie können sich ja eines irgendwo von der Wand nehmen«, flüsterte Rüdiger ihr zu. »Sie dürfen sich nur nicht erwischen lassen.«

»Ja, das werden wir vielleicht«, sagte Gerda. »Danke für den Tipp!«

»Ich wusste gar nicht, dass du so gut lügen kannst, Mama«, sagte Blümchen, als Rüdiger uns nicht mehr hören konnte.

»Immerhin wissen wir jetzt, dass Ricki Recht hatte. Die Plakate wurden alle abgeholt«, sagte Gerda. »Manchmal ist eine kleine Notlüge halt ganz nützlich.«

»Ich werde sie daran erinnern«, flüsterte Blümchen mir zu.

»Ich glaube, dieses Mal irrt sich Amanda«, sagte ich zu Blümchen, als wir in unserem Zimmer waren. »Es spricht zu viel gegen Fee. Das Bild wird geklaut und sie verschwindet. Dann das seltsame Video und nun auch noch der Großvater. Trotzdem wünschte ich mir, Amanda hätte Recht.«

»Geht mir genauso«, sagte Blümchen. »Wir kennen Fee ja kaum, aber trotzdem kann ich mir nicht vorstellen, dass sie eine Diebin ist.«

»Zumindest keine aus niederen Motiven, wie Papa sagen würde.«

»Wo sie jetzt wohl ist?«, fragte Blümchen leise und sah aus dem Fenster.

»Hör auf, Blümchen!«

»Was meinst du?«

»Ich kenne dich doch. Du denkst an deinen Papa, stimmt's?«

Blümchen nickte. »Denkst du nicht an deine Mama?«

»Ehrlich gesagt, weiß ich gar nicht, ob ich überhaupt will, dass sie zurückkommt.«

»Warum denn nicht?«

Ich überlegte einen Augenblick, ob ich Blümchen wirklich sagen sollte, was mir durch den Kopf ging.

»Manchmal denke ich«, sagte ich dann doch, »dass mir es viel besser gefallen würde, wenn wir eine Familie würden. Ich meine du, Papa, Gerda und ich.«

Blümchen ließ sich auf unser Bett fallen und sah zur Decke. »Ich weiß, was du meinst. Mir geht es ja auch so.

Aber ich würde so gern wissen, was aus ihnen geworden ist.«

»Vielleicht geht es ihnen ja jetzt viel besser, als wenn sie bei uns wären.«

»Ja, vielleicht.«

Ich hatte plötzlich das Gefühl, keine Luft mehr zu bekommen.

»Weißt du, was wir machen?«, fragte ich meine Freundin. »Wir gehen schwimmen!«

»Jetzt?«, rief Blümchen. »Wo denn?«

»Im Pool! Bestimmt ist da um diese Zeit niemand mehr. Ich wollte schon immer mal nachts schwimmen gehen! Kommst du mit?«

Statt einer Antwort stand Blümchen auf und holte ihren Badeanzug.

Es war toll! Obwohl es schon längst dunkel geworden war, war es immer noch so warm, dass man, ohne zu frieren, im Pool plantschen konnte. Und wir waren allein. Es war phantastisch!

Wenn uns dann nicht doch irgendwann kalt geworden wäre, hätten wir wahrscheinlich die ganze Nacht bis zum Sonnenaufgang im Wasser verbracht.

Als wir die Tür zu unserem Zimmer aufschließen wollten, öffnete sich plötzlich die Nachbartür und Amanda und Sister X kamen heraus.

Amanda hielt sich die Hand vor die Brust. »Meine Güte! Habt ihr mich erschreckt! Warum schlaft ihr noch nicht?«

»Wir waren schwimmen«, antwortete ich. »Und wo wollt ihr um diese Zeit hin?«

»Sister X und ich müssen noch ein wenig in unserem Fall recherchieren.«

»Dürfen wir mitkommen?«, fragte ich sofort.

»Um diese Zeit?«

»Bitte, Amanda!«, flehte auch Blümchen.

»Seid ihr euch sicher?«

»Und ob!«, rief ich und auch Blümchen nickte heftig.

»Ihr könnt es euch noch überlegen. Wollt ihr nicht lieber schlafen? Morgen wird bestimmt ein anstrengender Tag.«

»Da gibt es nichts zu überlegen!«, rief ich und rannte ins Zimmer.

In Rekordzeit standen Blümchen und ich wieder auf dem Hotelflur.

Amanda ging mit uns zu Bubi. Eine nächtliche Spazierfahrt also! Das war fast noch schöner als am Tag.

»Wo fahren wir denn hin?«, fragte Blümchen.

»Lasst euch überraschen«, antwortete Amanda wie so oft und ließ Bubi an.

Blümchen und ich genossen die nächtliche Fahrt auf Amandas Motorrad so sehr, dass wir nicht darauf achteten, wohin sie mit uns fuhr – bis es zu spät war.

»Da will ich nicht hin!«, schrie Blümchen plötzlich auf. »Dahin nicht!«

Da sah ich es auch. »Hudonis Schloss! Was willst du denn da?«

»Dort kommen wir diesem Fall auf die richtige Spur. Da sind sich Sister X und ich einig. Wenn das Video tatsächlich eine Fälschung ist, war es bestimmt auch kein Zufall, dass Fee ausgerechnet während Hudonis Vorstellung verschwunden ist.«

»Aber da will ich nicht hin!«, rief Blümchen noch einmal.

»Ich auch nicht«, sagte ich. »Warum hast du uns nicht vorher gesagt, wohin du willst?«

»Ihr habt mich nicht gefragt. Außerdem wart ihr doch so wild darauf, mit mir zu kommen. Nun müsst ihr da durch. Oder wollt ihr lieber allein vor dem Haus auf mich warten?«

Blümchen schüttelte wild ihren Kopf. »Nein! Nicht allein! Dann gehe ich lieber mit!«

Als ich den Weg zur Eingangstür einschlagen wollte, hielt Amanda mich am Arm fest.

»Heute gehen wir durch die Hintertür.«

»Hintertür?«, fragte ich und merkte, wie meine Stimme zitterte.

»In solchen Häusern gibt es immer einen geheimen Ausgang – durch den man natürlich auch hineinkommt, wenn man weiß, wo er ist.«

»Und das weißt du?«, fragte Blümchen.

Es beruhigte mich, dass ihre Stimme genauso zitterte wie meine.

»Noch nicht«, antwortete Amanda schmunzelnd. »Aber Sister X wird uns sicher helfen. Ich hoffe nur, dass sie nicht beleidigt ist, wenn ich sie zum Spürhund mache. – Such, meine Gute. Such den Geheimgang!«

Sister X sah durch ihre Sonnenbrille auf das Schloss und rührte sich nicht.

»Bitte!«, fügte Amanda hinzu, worauf sich Sister X tatsächlich in Bewegung setzte.

Amandas Schaf führte uns mitten durch das dichte Gestrüpp, das rund um Hudonis Geisterschloss wuchs. Es ging steil bergauf. Amanda, Blümchen und ich keuchten und stöhnten, doch Sister X kannte keine Gnade. Ab und zu schrie eine von uns auf, weil wir an einem Dorn oder Ast hängen geblieben waren.

»Sie geht in Richtung Meer!«, raunte Amanda uns zu.

Ich schaffte es, den Kopf zu heben und mich umzusehen. Pepe hatte Recht gehabt. Der Ausblick auf das Meer war wirklich toll! Wenn es nicht mitten in der Nacht gewesen wäre und ohne das unheimliche Schloss in meinem Rücken, hätte ich es sicher genossen.

»Was ist denn das für ein Geräusch?«, fragte Blümchen.

»Die Brandung!«, antwortete Amanda. »Das Haus steht an einer Klippe. Und Sister X läuft genau darauf zu!«

»Ist das nicht gefährlich?«

»Wenn wir nicht aufpassen, schon. Also, Augen auf!«

Bevor ich gewusst hatte, dass wir auf eine Klippe zuliefen, war mir das Brandungsgeräusch überhaupt nicht aufgefallen. Doch nun wurde das Donnern der Wellen mit jedem Schritt lauter und bedrohlicher.

»Sollen wir nicht umkehren?«, fragte Blümchen. »Es ist so dunkel! Ich sehe überhaupt nicht mehr, wohin ich laufe!«

»Wir müssen uns auf unsere Ohren verlassen – und auf Sister X! Ein paar Meter können wir noch weiter. Aber vorsichtig!«

Als das Brandungsdonnern unerträglich wurde, blieb Sister X endlich stehen und sah in Richtung Schloss.

»Ich glaube, sie hat etwas gefunden!«, rief Amanda.

Mittlerweile mussten wir uns anbrüllen, damit wir uns verstanden.

»Ich sehe aber nichts!«, schrie Blümchen zurück.

Amanda lief zur Schlossmauer und tastete sie ab. »Nichts!«, rief sie, als sie sich wieder zu uns umdrehte.

Blümchen und ich stellten uns dicht neben Amanda, damit wir nicht so schreien mussten.

»Ist so ein Geheimgang nicht oft unter der Erde?«, fragte Blümchen.

»Oder weiter oben!«, ergänzte ich.

Amanda sah an der Schlossmauer empor.

»Tatsächlich!«, rief sie dann. »Da ist etwas! Ein Mauervorsprung! Wartet einen Augenblick.«

Zu behaupten, Amanda sei uralt, wäre sicher übertrieben. Aber Blümchens und meine Oma könnte sie schon sein. Dass sie alles andere als eine gebrechliche alte Dame war, hatte sie uns schon mehr als einmal bewiesen. So, wie sie aber nun die Mauer emporkletterte, staunten sogar Blümchen und ich.

»Hier kommt man tatsächlich hinein!«, rief sie uns zu,

als sie es geschafft hatte. »Nehmt meine Hand! Ich ziehe euch rauf!«

Wir streckten ihr unsere Hände entgegen. Amanda beugte sich vor und zog erst Blümchen und dann mich zu sich auf den Mauervorsprung.

Nun sahen auch wir den schmalen Eingang deutlich. Er war so geschickt hinter dem Mauervorsprung verborgen, dass er kaum zu sehen war, wenn man am Boden stand.

»Da müssen wir wohl durch«, meinte Amanda.

»Und was ist mit Sister X?«, fragte Blümchen.

Amanda sah zu ihrem Schaf hinunter. »Ich fürchte, sie muss hier bleiben. Lauf zu Bubi und warte auf uns, meine Gute!«

Sister X trabte brav davon.

»Das gefällt mir überhaupt nicht«, murmelte Amanda. »Ohne Sister X sind wir schutzloser.«

»Sollen wir nicht doch lieber wieder zurückgehen?«, fragte ich.

»Nein, wir müssen uns selbst helfen. Nun haben wir es bis hierher geschafft, also schaffen wir den Rest auch noch.« Amanda zog eine Taschenlampe aus ihrer Tasche und schaltete sie ein.

»Warum hast du die nicht draußen benutzt?«, fragte Blümchen.

»Weil ihr Schein uns möglicherweise verraten hätte. Man weiß schließlich nie, ob jemand aus dem Fenster sieht.«

Der Gang vor uns, den die Taschenlampe dürftig ausleuchtete, sah alles andere als einladend aus. Er war in den Felsen gehauen. Von der Decke tropfte Wasser und über den Boden huschte ab und zu etwas, das ich lieber nicht so genau erkennen wollte.

Amanda lief gebückt vor uns her. Mit ineinander verkrallten Händen folgten Blümchen und ich ihr. Nach unendlich vielen Windungen standen wir endlich mit patschnassem Rücken vor einer grob zusammengezimmerten hölzernen Tür. Ich dachte daran, dass ich nun in unserem schönen weichen Bett liegen könnte, und ärgerte mich wieder einmal, dass ich im Hotel eine so große Klappe gehabt hatte.

Amanda drückte vorsichtig gegen die Tür. Sie gab tatsächlich nach. Was dahinter lag, konnten wir nicht erkennen.

»Was hängt denn da?«, fragte Blümchen leise.

Amanda tastete sich vorsichtig vor. »Das sind alte Kleider! Wir sind in einem Kleiderschrank!«

Sie schob die Kleider auseinander und stieß gegen die dahinter liegende Tür. Kurz darauf standen wir in einem der Zimmer des Schlosses.

»Das hätten wir schon einmal geschafft«, schnaufte Amanda.

»An den Rückweg darf ich gar nicht denken«, flüsterte Blümchen.

»Solange wir wieder rauskommen, ist mir das egal«, flüsterte ich zurück.

»Seid mal still!«, raunte Amanda uns zu. »Ich höre Stimmen. Lasst uns nachsehen, woher sie kommen.«

Sie schaltete die Taschenlampe aus und lief vorsichtig, Schritt für Schritt, durch das dunkle Zimmer. Zum Glück schien zumindest so viel Mondlicht durch das Fenster, dass wir nicht über irgendwelche Möbel stolperten. Nach einigen Schritten hörte ich die Stimmen auch, und mit jedem Schritt wurden sie lauter.

»Jetzt weiß ich, wo wir sind«, flüsterte uns Amanda zu, als wir durch zwei Zimmer geschlichen waren. Sie zeigte auf eine Tür, unter der ein Lichtschein zu sehen war.

Blümchen hielt sich vor Schreck die Hand vor den Mund. »Hudonis Arbeitszimmer!«

Jetzt erkannte auch ich die Tür, hinter der das Zimmer lag, das mir schon bei Tageslicht einen Gruselschauer nach dem anderen über den Rücken gejagt hatte. Ich wäre am liebsten schreiend weggelaufen.

Doch Amanda kam erst richtig in Fahrt. »Wir müssen näher ran. Dann können wir vielleicht hören, was drinnen gesprochen wird.«

Wir schlichen durch den Raum und stellten uns neben die Tür. Ich wagte kaum zu atmen.

»Mama Mia!«, hörte ich Luigis Stimme. »Wer weiß, wie lange die Bullen noch stillhalten! Was sollen wir nur machen?«

»Ich weiß es auch nicht! Ich weiß ja noch nicht einmal, ob Kimpenski es ihnen überhaupt gezeigt hat«, drang Hudonis Stimme zu uns. Es war, als stünde er direkt neben uns. Diese Stimme hörte man wahrscheinlich noch hinter einer meterdicken Mauer.

»Alles war perfekt geplant! Alle sind darauf reingefallen. Und nun das!«

»Meint er den Bilderraub?«, fragte ich Amanda leise, doch die hielt nur ihren Zeigefinger vor den Mund.

»Jetzt ist erst einmal wichtig, dass wir den Schaden begrenzen«, sagte Hudoni. »Wir müssen versuchen die Polizei zu verwirren. Das dürfte mir nicht schwer fallen.«

Als wir Ali Bubus Stimme hörten, war es zu spät.

»Sissi! Mein Liebling! Bist du hier?«

In dem Augenblick zwinkerten wir geblendet in das helle Licht eines Kronleuchters.

✶ 9 ✶

»Aaah!«, kreischte Ali bei unserem Anblick auf. Er stand in der Tür auf der gegenüberliegenden Seite des Raumes, mit der Hand am Lichtschalter. »Meister! Meister! Eindringlinge!«

Die Tür zu Hudonis Arbeitszimmer flog auf und der Meister stand in seinem schwarzen Umhang vor uns.

Das war's, dachte ich. Jetzt schnappt er uns und saugt uns aus.

Ich hatte in einem Buch schon mal etwas von einem diabolischen Lächeln gelesen. Nun wusste ich, wie das aussah.

»Sieh an! Unsere Detektive. Schnüffeln hier herum! Was sollen wir denn davon halten?«

Hans und Franz tauchten hinter ihrem Meister auf.

»Sollen wir sie allemachen?«, fragte Hans oder Franz.

»Geht ganz schnell«, sagte Franz oder Hans.

»Da bist du ja, mein Liebling!«, schrie Ali Bubu plötzlich, sprang auf mich zu und zog etwas von meinen Füßen weg. Seine Kobra!

Jetzt war es eigentlich Zeit, in Ohnmacht zu fallen. Aber ich blieb stehen, warum, weiß ich auch nicht.

»Dürfen wir uns setzen?«, fragte Amanda. »Im Stehen lässt es sich so schlecht reden. Wir sind nämlich hierher gekommen, um mit Ihnen über Fee zu reden.«

»Da gibt es nichts zu reden!«, fuhr Hudoni sie an. »Wenn Sie nicht gleich verschwinden, dann –«

»Lass sie hereinkommen«, sagte jemand aus dem Arbeitszimmer. »Ich kann nicht mehr.«

Hudoni sah sich erschreckt um. »Vertraust du ihnen etwa?«

»War das Fee?«, rief Blümchen. »Dann haben Sie sie also entführt!«

In dem Augenblick erschien Fee in der Tür. Sie trug kein weißes Kleid, sondern Jeans und Pullover. Deshalb sah sie aber nicht weniger schön aus.

»Das ist ja eine Überraschung«, sagte Amanda nur.

Kurz darauf saßen wir wieder auf den unbequemen Folterstühlen. Dieses Mal aber umringt von Hudonis Artisten, die uns nicht gerade freundlich beäugten.

»Es sieht sehr schlecht für Fee aus«, begann Amanda.

»Ach, was Sie nicht sagen!«, unterbrach Hudoni sie.

»Ich glaube nicht, dass Sie wissen, wie schlecht«, fuhr Amanda unbeirrt fort.

Dann erzählte sie, was wir von Papa und Mr Moosbacher erfahren hatten. Sie verschwieg auch nicht, dass wir herausgefunden hatten, dass das Video vor dem Diebstahl aufgenommen worden war. Als sie ihren Bericht beendet hatte, war es zunächst sehr still in dem Arbeitszimmer.

»Mist!«, rief Hudoni dann plötzlich. »An die blöden Plakate habe ich nicht gedacht!«

Ich konnte mir ein zufriedenes Schmunzeln nicht verkneifen. Da war ich tatsächlich schlauer als der große Zauberer gewesen.

»Ich war ohnehin gegen diese vorgetäuschte Entführung«, sagte Fee. »Mein armes Bärchen!« Damit meinte sie wohl ihren Hoteldirektor.

»Das Video war nötig«, entgegnete Hudoni. »Sonst hätten sie dich gleich verdächtigt.«

»Dann waren Sie es also doch!«, rief ich. »Sie haben das Bild Ihres Opas gestohlen!«

Fee nickte nur.

»Aber wie haben Sie das gemacht?«, fragte Blümchen. »Und warum?«

»Weil ich betrogen wurde. – Nein, eigentlich wurde nicht ich persönlich betrogen, sondern meine Familie. Als mein Großvater starb, war er noch unbekannt. Aber ein paar Geschäftemacher hatten wohl erkannt, dass es nicht lange so bleiben würde. Sie kauften meiner Großmutter alle Bilder ab – wirklich alle. Für einen Spottpreis.«

»Moosbacher?«, fragte ich.

»Nein, der muss die Bilder von diesen Leuten gekauft haben.«

»Ihre Großmutter hat sich darauf eingelassen?«, fragte Amanda.

Fee zuckte mit den Schultern. »Meine Oma war keine Geschäftsfrau. Außerdem brauchte sie das Geld. Sie ist auch bald darauf gestorben. So hat sie zum Glück nicht mehr mitbekommen, wie wertvoll die Bilder schon nach ein paar Jahren geworden sind.«

»Und Ihre Eltern?«, fragte ich.

»Die sind leider auch früh gestorben. Da sie, wie meine Großeltern, nur eine Tochter hatten, bin ich die einzige Nachfahrin von Josef Albertus. Ich bin immer sehr stolz auf meinen Opa gewesen – und es hat mich gewurmt, dass meine Großeltern betrogen wurden. Darum habe ich alles gelesen, was es über seine Bilder gibt. Ich glaube, mittlerweile kenne ich sie fast so gut wie er.«

»Und darum haben Sie ein Bild gestohlen?«, fragte ich. »Weil Ihre Oma betrogen wurde?«

»Nein, das war es nicht. Vor ungefähr einem Jahr hörte ich, dass Moosbacher eine Ausstellungstournee plant, unter anderem mit den Bildern meines Großvaters. Die wollte ich mir natürlich ansehen, was ich auch getan habe. Und dann …«

»Und dann?«, fragte Amanda, als Fee nicht weitersprach.

»Dann ist mir aufgefallen, dass mit einem der Bilder etwas nicht stimmte. Für jemanden, der sich mit den Gemälden meines Großvaters nicht auskennt, war es nicht zu erkennen. Aber ich sah sofort, dass das Bild eine Fälschung sein musste.«

»Eine Fälschung?«, rief Blümchen. »Dann haben Sie ein gefälschtes Bild gestohlen?«

»Noch nicht. Ich habe zunächst einen Experten gefragt, sich das Bild in der Ausstellung anzusehen. Doch der meinte, er könne die Fälschung nur bestätigen, wenn er das Bild genau untersuchte.«

»Genau?«, fragte ich. »Was heißt das?«

»Chemisch«, brummte Hudoni. »Sind auch kleine Zauberer, diese Leute.«

»Und das konnte er natürlich nicht, wenn das Bild in einer Ausstellung hing.«

»Also wollten Sie das Bild stehlen, um es von diesem Experten untersuchen zu lassen«, sagte Amanda.

Fee nickte. »Inzwischen war ich sehr wütend, weil ich das Gefühl hatte, dass meine Familie zum zweiten Mal betrogen wurde. Ich wollte Moosbacher das Handwerk legen, koste es, was es wolle!«

»Glauben Sie, Moosbacher hat die Bilder gefälscht?«, fragte Amanda.

»Wer denn sonst? Wahrscheinlich hat er sie fälschen lassen und die echten Bilder weiterverkauft. Diesen Typen ist doch alles zuzutrauen!«

Wenn ich an den Blick dachte, mit dem Mr Moosbacher mich angesehen hatte, konnte ich es mir auch vorstellen.

»Haben Sie darum Ihren Freund dazu überredet, die Ausstellung in sein Hotel zu holen?«, fragte Amanda.

Fee zögerte einen Augenblick, dann nickte sie.

»Dann weiß Herr Kimpenski gar nichts von Ihrem Plan?«, fragte Blümchen.

Über Fees Gesicht huschte ein Lächeln. »Dazu ist mein Bärchen viel zu gutmütig.«

»Das sehe ich anders«, schnaufte Meister Hudoni.

»Und wie sah der Plan aus?«, fragte ich. »Wie konnten Sie auf der Bühne stehen und gleichzeitig das Bild stehlen?«

Fee antwortete nicht, sondern sah zu Hudoni.

Der schüttelte heftig den Kopf. »Das werden wir nicht verraten. Nicht diesen Leuten!«

»Das ist im Augenblick auch nicht so wichtig«, sagte Amanda. »Mich interessiert viel mehr, ob sie Recht hatten. Ist das Bild eine Fälschung?«

Wieder antwortete Fee nicht, sondern stand auf und lief in Hudonis Arbeitszimmer herum. Plötzlich holte sie aus und trat mit voller Wucht gegen Hudonis Kamin, dass sogar der Meister erschrocken von seinem Sessel hochhüpfte.

»Nein!«, rief Fee wütend. »Es ist echt! Ich blöde Kuh habe das falsche Bild erwischt! Alles war umsonst!«

»Dann haben Sie sich geirrt?«, fragte Blümchen.

»Nein, ich habe in der Hektik und im Dunkeln das falsche Bild mitgenommen. Das, was ich eigentlich haben wollte, hing gleich daneben und ist genauso groß. Beide gehören zu einer Serie von drei Bildern, die mein Großvater gemalt hat. Zwei davon hat Moosbacher.«

»Und eines davon ist gefälscht«, sagte Amanda.

»Ja! Das glaube ich immer noch! Aber wie soll ich das jetzt beweisen? Noch einmal einbrechen? Ich komme noch nicht einmal bis in die Nähe des Hotels! Und meinem Freund kann ich auch nicht mehr unter die Augen treten. Er wird mir nun bestimmt nicht glauben! Und meine Kollegen habe ich auch in Gefahr gebracht! Alles ist aus! Und ich bin schuld daran!« Fee ließ sich auf einen Stuhl fallen und vergrub das Gesicht in ihren Händen. Kurz darauf hörten wir leises Schluchzen.

Am liebsten hätte ich mitgeheult und auch Blümchens Augen glänzten verdächtig. Wieder wurde es still in dem gruseligen Arbeitszimmer, das mir plötzlich gar nicht mehr so gruselig erschien. Wahrscheinlich auch deshalb, weil nicht nur die anderen Artisten, sondern auch Hudoni betreten zu der immer noch schluchzenden Fee sahen.

»Die Idee ist gar nicht so schlecht«, sagte Amanda plötzlich in die Stille hinein.

»Wie meinen Sie das?«, fragte Hudoni.

Über Amandas Gesicht huschte ein Lächeln. »Wir versuchen es noch einmal!«

Fee sah auf. Sie weinte nicht mehr, aber die Tränen kullerten noch über ihr schönes Gesicht. »Das ist nicht Ihr Ernst!«

»Überlegen Sie doch mal. Es ist Ihre einzige Chance. Die Polizei wird Sie finden. Das ist sicher. Und dann werden Sie nie beweisen können, dass Sie Recht hatten. Dafür wird Mr Moosbacher schon sorgen. Ganz abgesehen von der vorgetäuschten Entführung. Also werden Sie verurteilt werden und ins Gefängnis müssen.«

»Kommt überhaupt nicht infrage!«, rief Hudoni. »Viel zu gefährlich! Außerdem werden wir Fee verstecken! Die Polizei findet sie niemals!«

»Keine Chance!«, rief Hans oder Franz.

»Nie im Leben!«, rief Franz oder Hans.

»Das will ich nicht«, sagte Fee leise.

»Aber …«

»Nein, das ist sehr lieb von euch. Aber ich will mich nicht mein Leben lang verstecken. Und ich will diesem Moosbacher das Handwerk legen! Ich versuche es noch einmal. Aber allein! Ihr haltet euch da raus. Ihr habt schon genug riskiert!«

»Nichts da!«, rief Hudoni. »Wenn, dann alle!«

»Nein!«, rief Fee. »Ich will euch nicht noch einmal in Gefahr bringen!«

Hudoni stand auf und sah in die Runde. »Wer macht mit?«

»Ich bin dabei!«, rief Hans oder Franz.

»Ich sowieso!«, rief Franz oder Hans.

»Mama Mia! Luigi liebt das Abenteuer!«

»Sissi will auch«, meinte Ali.

Lian lächelte chinesisch und nickte.

»Du siehst«, sagte Hudoni zu Fee. »Entweder alle oder niemand.«

Wieder kullerten ein paar Tränen über Fees Gesicht.

Amanda lächelte zufrieden. »Na also. Dann ist es beschlossene Sache.«

»Brauchen Sie eine lange Vorbereitungszeit?«, fragte Amanda dann.

»Warum wollen Sie das wissen?«, fragte Hudoni zurück.

»Weil die ganze Sache morgen Abend über die Bühne gehen wird – im wahrsten Sinne des Wortes.«

»Morgen schon?«, rief Fee.

»Die Polizei ist Ihnen dicht auf den Fersen. Wir dürfen keine Zeit verlieren. Meinen Sie, Sie schaffen es, den Experten bis dahin hierher zu holen, damit er das Bild gleich an Ort und Stelle untersuchen kann?«

»Ich denke schon«, antwortete Fee. »Ich werde ihn morgen früh anrufen.«

Wieder lächelte Amanda zufrieden. »Sehr schön. Dann kommen wir nun zu unserem Teil des Plans.«

»Sie halten sich da raus!«, rief Hudoni.

»Und wie wollen Sie erklären, warum Fee plötzlich wieder aufgetaucht ist?«, entgegnete Amanda.

»Äh – weiß nicht. Und Sie? Können Sie ihnen das etwa erklären?«

»Sicher.«

»Und wie?«

»Das ist *unser* Teil des Plans. Und der bleibt unser Geheimnis«, antwortete Amanda nur. »Seien Sie einfach morgen Abend alle bereit aufzutreten – einschließlich Fee. Um den Rest kümmern wir uns.«

Ein Vorteil, nun mit Fee und Hudoni unter einer Decke zu stecken, war, dass wir nicht mehr durch den Geheimgang kriechen mussten, um aus dem Schloss zu kommen.

Als wir schon bei Sister X in Bubis Beiwagen saßen, sah Blümchen sich noch einmal um. »Komisch. Ich habe überhaupt keine Angst mehr.«

»Geht mir genauso«, sagte ich.

»Glaubst du Fee ihre Geschichte?«, fragte Blümchen Amanda dann.

»Habt ihr sie jemals für eine geldgierige Diebin gehalten?«, fragte Amanda zurück.

Blümchen und ich sahen uns an, dann schüttelten wir den Kopf.

»Seht ihr. Genauso ist es mir auch gegangen. Man sollte sich immer auf sein Gefühl verlassen. Leider verlernen die Menschen das immer mehr – vor allem die Erwachsenen.«

»Und glaubst du, dass wir es schaffen, Mr Moosbacher zu überführen?«, fragte ich.

»Ihn, oder wer auch immer der Schurke in diesem Stück ist.«

»Und was ist mit der Polizei?«, fragte Blümchen.

»Ich hoffe, dass sie uns vertrauen«, antwortete Amanda nur.

Als das Telefon am nächsten Morgen läutete, musste ich alle meine Kräfte zusammennehmen, um den Hörer hochheben zu können.

»Jaaa?«

»Seid ihr schon wach?«, trällerte mir Amandas Stimme ins Ohr.

»Nein, und wir wollen auch nicht.«

»Nichts da! Raus aus den Federn! Ich habe euch gestern Abend gewarnt.«

»Ja, ja, ich weiß«, sagte ich, legte den Hörer auf und weckte Blümchen.

Irgendwie schafften wir es, uns zu duschen, anzuziehen und zu unserem Konferenzraum zu kommen. Wenn ich es durch meine halb geschlossenen Augen richtig sah, waren wir die Letzten.

In einer Ecke tuschelte Opa Schraube mit seinen Freunden über den Sandburgenbauplan.

»Wenn die Herren dann auch so weit sind, können wir vielleicht beginnen«, meinte Amanda.

»Was gibt's denn?«, fragte Opa Schraube, während er sich unwillig setzte.

»Zunächst eine gute Nachricht. Sie können in Ruhe Ihre Sandburgen fertig stellen. Die haben uns schließlich schon sehr bei diesem Fall geholfen«, sagte Amanda und zwinkerte uns zu.

»Wieso denn das?«, fragte Opa Schraube.

»Sie brauche ich erst heute Abend«, fuhr Amanda unbeirrt fort. »Dann werden wir, gemeinsam mit den Artisten, noch ein Bild aus der Ausstellung stehlen.«

Mit einem Schlag saßen alle kerzengerade auf ihren Stühlen.

»Soll das ein Witz sein?«, fragte Gerda.

»Keineswegs. Wir haben nämlich herausgefunden, worum es bei dem Diebstahl wirklich ging.«

Während Amanda von unserem nächtlichen Besuch in Hudonis Geisterschloss erzählte, wurde sie nicht ein Mal unterbrochen. Und wahrscheinlich dachte auch niemand mehr an Sandburgen.

»Eine verflixt gefährliche Sache«, sagte Willi schließlich. »Sind Sie sicher, dass Sie das riskieren wollen?«

»Darum brauche ich ja euch«, sagte Amanda. »Ich glaube Fee zwar, aber ich möchte sicher sein, dass nichts schief geht und womöglich jemand mit noch einem Bild verschwindet.«

»Wir sollen also wieder mal Wache schieben«, seufzte Opa Schraube.

»Sie haben es erfasst, Schräublein!«

Gerda schüttelte den Kopf. »Ich habe kein gutes Gefühl dabei.«

»Ich auch nicht«, sagte Amanda. »Aber ich weiß keine andere Möglichkeit, zumindest keine, die Moosbacher, oder wer auch immer der Schuldige ist, nicht warnen würde. Aber selbstverständlich kann ich niemanden zwingen mitzumachen. Wenn also jemand –«

»So weit kommt's noch!«, rief Opa Schraube. »Sie glauben doch wohl nicht, dass wir uns das entgehen lassen!«

Da ihm niemand widersprach, teilte Amanda die Wachposten ein, die im Hotel und an verschiedenen Ausgängen darauf achten sollten, dass niemand mit einem Bild verschwand.

»Dann ist also alles klar«, sagte sie schließlich zufrieden. »Jetzt müssen wir nur noch die Polizei überzeugen.«

»Glaubst du, Pauer lässt sich darauf ein?«, fragte ich.

Amanda schüttelte den Kopf. »Den will ich nicht dabeihaben. Ich denke, wir laden deinen Papa und Kommissar Lieb zum Kaffee ein.«

Als Opa Schraube, seine Freunde und das Geisterkränzchen sich wieder auf den Weg zum Strand gemacht hatten, rief ich Papa an.

»Kannst du noch mal ins Hotel kommen?«, fragte ich ihn. »Und bring Kommissar Lieb mit.«

»Warum denn?«

»Wir haben wichtige Neuigkeiten. Aber die können wir nicht am Telefon besprechen.«

»Und was ist mit Pauer?«, fragte Papa.

»Den lass bloß da, wo er ist!«

»Na schön«, seufzte Papa. »Wo und wann?«

»In einer halben Stunde in der Hotelbar«, antwortete ich und legte den Hörer auf, bevor Papa widersprechen konnte.

Ich sah zu Amanda, die neben mir stand. Sie nickte und zeigte mir den aufrechten Daumen.

Als wir in die Bar kamen, saß oder besser hing Herr Kimpenski auf einem Barhocker.

»Was machen wir mit ihm?«, fragte Gerda. »Sollen wir ihn einweihen?«

»Besser nicht. In diesem Zustand ist er unberechenbar.«

»Frau Amanda!«, rief er, als er uns sah. Er schien seine Zunge nicht mehr richtig unter Kontrolle zu haben. »Alles ist aus! Bestimmt sehe ich Fee nie, nie mehr wieder!«

Amanda seufzte und ging zu ihm. »Alles wird gut, Herr Kimpenski. Aber Sie müssen sich zusammenreißen.«

»Alles wird gut? Haha! Soll das ein Witz sein?«

»Wenn ich es Ihnen sage, dann ist es auch so«, sagte

Amanda eindringlich. »Sie werden Ihre Fee wiederbekommen, aber nur unter einer Bedingung!«

»Bedingung? Welche? Ich tue alles! Wirklich alles!«

»Hören Sie auf so viel zu trinken!«

Herr Kimpenski betrachtete das Glas, das vor ihm stand. Dann nahm er es und schüttete es in den Ausguss auf der anderen Seite der Bar.

»Gut so?«

»Sehr gut. Und nun legen Sie sich hin und schlafen Sie sich aus.«

Herr Kimpenski nickte und wankte auf den Ausgang zu.

Ich sah ihm nach. »Und der hat mich mal an einen König erinnert.«

»So ist das halt mit der Liebe«, sagte Amanda. »Sie macht dich glücklich oder sie macht dich fertig.«

Wir setzten uns an einen Tisch, der etwas abseits stand, und bestellten uns etwas zu trinken. Dieses Mal nahm Amanda kein Mandellikörchen.

Papa und Herr Lieb kamen viel früher, als wir vereinbart hatten. Mein Anruf musste sie sehr neugierig gemacht haben.

»Was sind denn das für Neuigkeiten?«, fragte Papa, als er noch nicht ganz saß.

»Wir können den Bilderraub aufklären«, antwortete Amanda.

»Wie bitte?«, rief Kommissar Lieb. »Wie wollen Sie das machen?«

»Das werden Sie dann schon sehen«, antwortete

Amanda. »Sie müssen gar nichts tun, Sie müssen nur damit einverstanden sein, dass Mr Moosbacher seine Ausstellung morgen Abend eröffnen darf. Und zwar sollte alles genau so sein wie an dem Abend des Bilderraubs.«

»Das verstehe ich nicht«, sagte Kommissar Lieb.

»Es ist doch ganz einfach. Hudoni und seine Artisten treten auf und die Polizei bewacht die Ausstellung.«

»Und Fee?«, fragte Papa.

»Das werden wir dann sehen.«

»Wenn sie auftauchen sollte, müssen wir sie verhaften!«, rief Papa.

»Nach der Vorstellung werdet ihr keinen Grund mehr dafür haben«, erwiderte Amanda.

Gerda beugte sich zu Papa vor und nahm seine Hand. Papa zuckte zusammen und lief knallrot an.

»Du musst uns vertrauen, Horst, bitte!«

»Also gut«, sagte er, nachdem er ein paarmal geschluckt hatte.

Herr Lieb sah Papa überrascht an. »Aber Herr Kollege!«

»Sie haben mein Vertrauen noch nie enttäuscht«, sagte Papa. »Und sie haben mir schon oft geholfen.«

»Außerdem braucht ihr nichts weiter zu tun, als damit einverstanden zu sein, dass die Ausstellung morgen eröffnet wird«, sagte ich. »Das will Mr Moosbacher doch sowieso!«

»Allerdings«, seufzte Herr Lieb. »Er hat sich darüber sogar schon beim Bürgermeister und beim Polizeipräsidenten beschwert. Die machen mir ganz schön die Hölle heiß!«

Amanda lächelte ihn an. »Na sehen Sie! Dann tun Sie ihm einfach den Gefallen.«

Herr Lieb lehnte sich auf seinem Stuhl zurück und verschränkte die Arme vor der Brust. »Und was ist mit Pauer?«

»Stimmt«, sagte auch Papa. »Der wird nie damit einverstanden sein.«

»Das ist allerdings ein Problem, für das ich auch noch keine Lösung weiß«, sagte Amanda.

»Könnten wir ihn nicht einfach weglocken?«, schlug Blümchen vor.

»Genau!«, rief Gerda. »Ich weiß auch schon, wie!« Ihr Lächeln stand Hudonis Grinsen in nichts nach.

»Tatsächlich?«, sagte Amanda. »Wie denn?«

»Einer von uns ruft ihn mit verstellter Stimme an und sagt ihm, wo Fee zu finden ist.«

»In Hudonis Schloss!«, rief ich.

»Gute Idee!«, freute sich Amanda. »Und er wird bestimmt versuchen Fee allein zu schnappen, um die Lorbeeren dafür zu kassieren.«

Nun grinste auch Kommissar Lieb von einem Ohr bis zum anderen. »Das gefällt mir. Tut ihm sicher gut, wenn sein Ehrgeiz einen kleinen Dämpfer bekommt.«

»Dann ist es also abgemacht?«, fragte Gerda.

»Abgemacht. Aber wenn es schief geht oder eine kriminelle Handlung begangen wird, bekommen Sie eine Menge Ärger. Das wissen Sie doch?«

»Allerdings«, seufzte Amanda.

»Ich werde Moosbacher und Schimmel gleich anrufen«, sagte Papa. »Die werden sich freuen.«

»Hoffentlich geht alles gut«, sagte Blümchen, als wir nebeneinander am Strand saßen.

»Bestimmt«, sagte ich, obwohl ich ein ziemlich komisches Gefühl im Bauch hatte, wenn ich an den Abend dachte.

Wir waren noch einmal an den Strand gegangen, um zu sehen, was die Sandburgen machten. Das Schloss des Geisterkränzchens war mittlerweile mit Türmchen, Erkern und einer Zugbrücke verziert. Die Wohnung von Opa Schraube und seinen Freunden hatte Fenster und eine Tür. Nun waren sie gerade dabei, Blumenkästen aus Sand zu formen, in die sie bunte Muscheln steckten. Das sollten wahrscheinlich Blumen sein.

»Was Kommissar Lieb wohl gemeint hat, als er sagte, wir würden Ärger bekommen, wenn es schief geht. Ob wir dann verhaftet werden und ins Gefängnis müssen?«, fragte Blümchen.

»Glaube ich nicht. Sie sind doch damit einverstanden, dass die Ausstellung morgen eröffnet wird.«

Ich hoffte sehr, dass ich mich nicht täuschte.

✳ 10 ✳

Fast wäre unser Plan geplatzt, bevor er überhaupt begonnen hatte. Die Sandburgenbauer tauchten nämlich erst kurz vor dem Beginn der Vorstellung auf.

»Wo bleibt ihr denn?«, fuhr Gerda sie an.

»Tut uns Leid«, antwortete Eleonore schuldbewusst. »Die Feinarbeiten haben etwas länger gedauert.«

»Unsere auch«, meinte Opa Schraube. »Aber der Sieg –«

»Dafür ist jetzt keine Zeit«, unterbrach Amanda ihn. »Schnell! Auf eure Plätze!«

Sie trabten auch gleich los und wären am Ausgang fast mit Papa zusammengeprallt.

»Alles in Ordnung?«, fragte Gerda ihn.

Papa sah sich um und nickte. »Die ganze Mannschaft ist wieder da. Hoffentlich geht das gut.«

»Und Pauer?«

»Ich glaube, er hat angebissen«, grinste Papa. »Er hat sich vorhin ein paar Leute geschnappt und ist los, wollte aber nicht sagen, wohin. Er hat nur gemeint, ein Mann hätte ihm einen Hinweis gegeben. Wer hat eigentlich angerufen?«

»Ich«, sagte Amanda. »Ich habe meine Stimme ein wenig verstellt. Aber nun lasst uns hineingehen. Die Vorstellung beginnt gleich.«

Wir hatten dieselben Plätze wie beim ersten Mal. Es war fast, als würde ich einen Film noch einmal sehen.

»Da ist ja Herr Kimpenski!«, rief Blümchen plötzlich.

Der Hoteldirektor stand am Eingang und sah sich hektisch um. Als er uns erkannte, kam er gleich angerannt.

»Was ist denn hier los?«, fragte er völlig außer Atem. »Warum läuft eine Vorstellung? Und was wollen die ganzen Polizisten hier?«

»Haben Sie gut geschlafen?«, fragte Amanda zurück.

»Ja! Viel zu gut! Herr Schimmel hat mich geweckt und mir gesagt, dass die Ausstellung doch eröffnet wird.«

»Und hat er sich gefreut?«, fragte ich.

Herr Kimpenski schüttelte den Kopf. »Er war aufgebracht, weil er so spät informiert wurde.«

»Das kann ich mir gut vorstellen«, schmunzelte Amanda. »Sie können ganz beruhigt sein. Wenn alles so funktioniert, wie wir uns das vorstellen, werden Sie Ihre Fee heute Abend noch wiederhaben.«

»Aber –«

Plötzlich ging ein Raunen durchs Publikum. Ich sah zum Eingang. Mr Moosbacher und Herr Schimmel waren gekommen. Ihre singenden Zwillinge hatten sie auch mitgebracht. Mr Moosbacher nickte huldvoll in die Runde und setzte sich lächelnd zwischen seine Leibwächter. Herr Schimmel warf Herrn Kimpenski allerdings einige sehr unfreundliche Blicke zu.

»Dann kann die Vorstellung ja beginnen«, sagte Amanda.

Wenige Augenblicke später war es so weit. Knall – Nebel – Graf Dracula, alias Hudoni, stand auf der Bühne. Kurz darauf hatte Lian Schling ihren Auftritt. Alles war so, wie wir es schon einmal gesehen hatten – und doch war alles ganz anders. Immer wieder blickte ich mich im Theater um, obwohl ich nicht wusste, was ich eigentlich suchte oder erwartete. So sah ich auch den kleinen Mann mit Nickelbrille, der auf uns zukam, als Erste.

»Wer ist das denn?«, fragte ich.

Bevor jemand wusste, wen ich meinte, stand er schon neben uns.

»Sind Sie Frau Amanda?«, fragte er leise.

»Ja, die bin ich.«

»Dachte ich mir. Ich habe Sie an Ihrem Schaf erkannt. Fee hat es mir sehr gut beschrieben.«

»Dann sind Sie sicher der Experte?«

»Wenn Sie es so nennen wollen. Mein Name ist Vigelius, Professor Vigelius. Entschuldigen Sie meine Verspätung, aber ich hatte einen weiten Weg.«

»Hauptsache, Sie sind da«, beruhigte Gerda ihn. »Setzen Sie sich bitte.«

»Vielen Dank. Wo ist das Bild?«

»Das bekommen Sie bald«, sagte Amanda. »Genießen Sie inzwischen die Vorstellung.«

Doch das konnte Professor Vigelius wohl nicht. Er rutschte nervös auf seinem Stuhl herum.

»Haben Sie es eilig?«, fragte Amanda ihn schließlich.

»Nein, das ist es nicht. Als ich hereinkam, habe ich jemanden erkannt, den ich hier nicht erwartet habe – und der doch gut ins Bild passt, wenn ich es einmal so nennen darf.«

»Wie meinen Sie das?«, fragte Gerda den Professor, der sich wirklich sehr umständlich ausdrückte.

»Er war Angestellter des Museums, für das auch ich ab und zu tätig bin. Man hat ihn verdächtigt zu Bildfälschern Kontakt zu haben. Beweisen konnte man es ihm nicht, aber er wurde trotzdem entlassen.«

»Wer?«, rief Amanda. »Wen meinen Sie?«

Professor Vigelius zeigte in den Zuschauerraum.

»Mr Moosbacher!«, riefen Blümchen und ich gleichzeitig. Mittlerweile ernteten wir schon ungehaltenes Gemurmel von den anderen Zuschauern.

»Nein, so heißt er nicht. Sein Name ist Schimmel. – Aber wo ist er denn? Gerade war er noch da!«

Der Professor hatte Recht. Der Platz neben Mr Moosbacher war leer.

Amanda sprang auf. »Mist! Bestimmt haben nicht nur Sie ihn erkannt, sondern er Sie auch! Und was Sie hier wollten, konnte er sich an allen fünf Fingern abzählen. Wir müssen die anderen warnen!«

»Ich versuche Horst zu finden«, sagte Gerda und stand auch auf.

»Gut, dann kümmern wir uns um die Artisten. Bleiben Sie bitte hier, Professor. Ich hoffe, wir brauchen Sie heute noch.«

»Ich verstehe das alles nicht!«, rief Herr Kimpenski.

Ohne uns um den jammernden Hoteldirektor zu kümmern, schlängelten wir uns, so schnell wir konnten, mit Amanda an den Besuchertischen vorbei auf den Ausgang des Theaters zu.

Hudoni begann gerade mit den Zaubertricks. Wir mussten uns also beeilen.

»Was machen wir jetzt?«, fragte ich, während wir quer durch das Hotel hetzten.

»Wir müssen auf die andere Seite, zum Notausgang«, antwortete Amanda. »Sister X und ich lenken den Polizisten ab, der die Notausgänge überwacht, und ihr warnt Fee und Hudoni vor Schimmel!«

Kurz vor dem Hintereingang des Theaters blieben wir stehen und versteckten uns. Kurz darauf erschien der Polizist.

»Er geht gerade zu dem anderen Notausgang«, raunte Amanda uns zu. »Das ist gut. Ich folge ihm und ihr geht zu den Artisten.«

Als der Polizist verschwunden war, rannten wir los. Wir liefen zum Notausgang des Theaters, Amanda zu dem anderen.

Als wir es geschafft hatten, blieben wir einen Augenblick stehen und schnappten nach Luft.

Gerade, als wir weitergehen wollten, hielt mich Blümchen am Arm fest.

»Das ist doch Lian!«

Tatsächlich schlich die chinesische Schlangenfrau über den Flur. An der Tür, die zu dem verfallenen Hof führte, blieb sie kurz stehen, dann zog sie sich an der Tür hoch, drückte eines der Oberlichter auf und zwängte sich hindurch. Wenige Sekunden später öffnete sie die Tür von der anderen Seite und schlich wieder zurück.

»So haben sie das also gemacht«, sagte ich. »Lian ist klein und dünn genug, um durch die Oberlichter zu kommen.«

»Und gelenkig genug«, ergänzte Blümchen. »Aber wie haben sie den Rest gemacht?«

»Ist doch jetzt egal. Wir müssen zu ihnen.«

Als wir hinter die Bühne kamen, hatte Fee gerade ihren Auftritt beendet.

»Und?«, fragte Luigi sie. »Alles gut gegangen?«

Fee nickte. »Als Moosbacher mich sah, wäre er wohl am liebsten auf die Bühne gekommen, um mich eigenhändig zu verhaften, aber zum Glück ist er sitzen geblieben. Nur mein armes Bärchen …«

»Was ist mit Kimpenski?«, fragte Ali Bubu.

»Er ist ohnmächtig geworden, als er mich gesehen hat.«

Plötzlich entdeckte uns Hans oder Franz.

»Was wollt ihr denn hier?«, fragte Franz oder Hans.

»Wir wollten euch warnen!«, rief ich. »Mr Moosbacher hat nichts mit den Fälschungen zu tun. Es war Schimmel!«

»Schimmel?«, fragte Fee. »Woher wisst ihr das?«

»Der Professor hat ihn erkannt«, sagte Blümchen.

»Und er ist abgehauen. Sie müssen das Bild also nicht mehr holen.«

Fee sah uns einen Augenblick lang an, dann schüttelte sie den Kopf. »Jetzt muss ich es erst recht holen, bevor Schimmel das tut und es beiseite schafft.«

»Sie hat Recht«, sagte Luigi.

»Na gut! Dann nichts wie los!«, rief Ali.

Ohne auf uns zu achten, rannten Fee, Luigi, Hans und Franz an uns vorbei. Dabei hatte Luigi etwas in der Hand, das ich nicht genau erkennen konnte.

Ein Blick zwischen Blümchen und mir genügte: Jetzt wollten wir es wissen!

Als wir auf den kleinen Hof kamen, waren Hans und Franz gerade dabei, Luigi auf ihre Schultern zu heben. Jetzt sahen wir auch, was Luigi bei sich hatte. Es war ein Seil, an dem ein Haken befestigt war. Er ließ es ein paarmal um sich herumschwingen und warf es dann genau in die Fensteröffnung, wo es sich verhakte. Hans und Franz hielten das Seil fest und Fee kletterte auf ihre Schultern. Ehe wir uns versahen, sprang sie über die Mauer und hangelte sich an dem Seil entlang über die Schlucht, bis zu dem Fenster des Elektroraums. Nur wenige Augenblicke später war sie dahinter verschwunden.

Alles ging so schnell, dass wir immer noch wie betäubt dastanden, als es schon vorbei war.

»So haben sie es also gemacht«, sagte Blümchen fassungslos.

»Alle gemeinsam«, ergänzte ich. »Darauf muss erst einmal jemand kommen.«

»Aber die Bühne!«, rief Blümchen. »Wie konnte sie auf der Bühne stehen?«

Statt einer Antwort rannte ich los. Als Blümchen und ich keuchend hinter der Bühne angekommen waren, hörten wir den Applaus. Und dann sahen wir sie! Fee stand in ihrem Käfig! Wie war das möglich? Wir hatten sie doch gerade gesehen, wie sie sich über die Schlucht gehangelt hatte!

Als ich schon ernsthaft an meinem Verstand zweifelte, schloss sich der Vorhang. Fee stand immer noch da und lächelte den Vorhang an!

Bevor ich kapierte, was wir da eigentlich sahen, kam Hudoni hinter die Bühne, ging zu einer Art Schaltkasten und drehte einen Schalter um. In dem Augenblick verschwand Fee.

»Das war gar nicht Fee!«, rief ich und schüttelte Blümchen. »Das war nur ein Bild von ihr! Eine Projektion! Jetzt weiß ich auch, was mir bei der ersten Vorstellung seltsam vorgekommen war! Als Hudoni die Decke vom Käfig gezogen hat, war Fee für einen Augenblick verschwunden, aber dann war sie wieder da!«

»Dann muss wohl jemand durch den Projektionsstrahl gelaufen sein«, sagte Amanda hinter uns. »Es ist nämlich ein Hologramm, um genau zu sein. Kein schlechter Trick. Das muss ich zugeben.«

»Bist du nicht bei dem Polizisten?«, fragte ich sie erstaunt.

»Der hat mit Sister X gespielt. Jetzt schläft er«, antwortete Amanda mit einem breiten Grinsen.

»Blümchen hatte Recht, Amanda!«, rief ich. »Sie haben es genauso gemacht, wie sie gesagt hat. Nur waren sie es alle gemeinsam!«

»Kompliment, Herr Hudoni«, sagte Amanda an den Zauberkünstler gewandt. »Ich wusste ja immer, Sie sind ein großer Künstler.«

»Was suchen Sie denn hier?«, fuhr er Amanda an.

»Reg dich nicht auf, Chef«, sagte Luigi. »Sie haben uns gewarnt. Schimmel ist der Typ, hinter dem Fee her ist.«

Amanda sah sich um. »Wo ist Fee?«

»Sie wollte das Bild trotzdem holen«, sagte ich. »Bevor Schimmel es tut.«

»Und das Licht?«, fragte Hudoni. »Warum geht das Licht nicht aus?«

Wie auf ein Kommando rannten wir alle in Richtung Notausgang und hätten dabei beinahe Papa umgerannt.

»Da seid ihr ja!«, keuchte er. »Ich habe euch schon überall gesucht.«

»Was ist denn los, Papa?«, fragte ich.

»Fee wurde verhaftet. Als sie in den Ausstellungsraum wollte.«

»Mist!«, rief Amanda und stampfte mit dem Fuß auf. »Warum musste sie auch – in den Ausstellungsraum? Heißt das, sie hat das Bild gar nicht?«

Papa schüttelte den Kopf. »Aber es wurde trotzdem ein Bild gestohlen.«

»Schimmel!«, rief ich. »Das hat Schimmel!«

Papa sah mich verständnislos an. »Herr Schimmel? Wie kommst du denn darauf?«

»Haben Sie nicht mit Gerda gesprochen?«, fragte Amanda.

»Nein! Warum?«

»Dann sucht sie Sie wahrscheinlich immer noch. Es sieht so aus, als wäre Herr Schimmel für die Fälschung verantwortlich.«

»Fälschung? Ich verstehe nicht.«

»Das erklären wir Ihnen später. Jetzt müssen wir erst diesen Herrn Schimmel finden.«

»Den habe ich vorhin erst gesehen«, sagte Papa wie selbstverständlich. »Ich glaube, er war auf dem Weg zum Angestelltenparkplatz.«

»Wo ist der?«

»Auf der anderen Seite des Gebäudes«, antwortete Hudoni.

Amanda seufzte. »Dann bleibt mir ja wohl nichts anderes übrig. Könnten Sie mich bitte auf die Mauer heben und das Seil für mich festhalten?«, fragte sie Hans und Franz.

»Was hast du vor?«, rief ich. »Du willst doch nicht etwa auch über die Schlucht klettern?«

»Keine Angst. Sister X beschützt mich«, sagte Amanda nur und kletterte auf die Schultern der Zwillinge.

Sie warf noch einen kurzen Blick auf Sister X, dann schwang sie sich über die Mauer. Mit offenen Mündern beobachteten auch die Artisten, wie Amanda sich ebenso schnell über die Schlucht hangelte wie vorher Fee.

»Das gibt's nicht«, sagte Papa fassungslos. »Sie ist völlig verrückt. Ich muss die Kollegen alarmieren.«

»Wo ist Sister X?«, fragte Blümchen. »Gerade war sie noch da!«

»Wahrscheinlich hilft sie Amanda«, sagte ich. »Und das machen wir auch!«

So schnell wir konnten, rannten wir quer durch das Hotel. Zum Glück kannten wir uns inzwischen ganz gut dort aus. Plötzlich kam uns Sister X entgegen. Blümchen und ich bremsten so heftig, dass ich stolperte und hinfiel.

»Was machst du denn hier?«, fragte ich Amandas Schaf, während ich mich wieder aufrappelte.

Sister X antwortete natürlich nicht, sondern sah mich nur durch ihre Sonnenbrille an. Dann trabte sie weiter.

»Was machen wir jetzt?«, fragte Blümchen. »Laufen wir in die falsche Richtung oder sie?«

Ich sah Blümchen nur an.

»Du hast Recht«, sagte sie. »Sister X irrt sich nie!«

Wir liefen ihr nach. Aber schon nach ein paar Schritten blieb sie vor einem Aufzug stehen.

»Heißt das, wir sollen mit dem Aufzug fahren?«, fragte ich.

Blümchen zuckte mit den Schultern und drückte auf den Knopf. Die Aufzugtür öffnete sich.

»Und jetzt?«, fragte sie, als wir mit Sister X im Aufzug standen.

»Keine Ahnung – aber warte mal. Das ist doch der Aufzug, der bis in die Präsidentensuite fährt!«

»Sollen wir da wirklich hin?«, fragte Blümchen.

»Hast du eine bessere Idee?«

Statt einer Antwort drückte sie auf den obersten Knopf.

Als der Aufzug hielt und die Türen sich öffneten, drückten wir uns dicht an die Wand und hofften, dass uns die Leibwächter nicht sahen.

Doch das war nicht nötig. Vor dem Eingang zu Mr Moosbachers Luxuszimmern stand niemand.

»Die Tür ist angelehnt! Sollen wir?«

Bevor ich antworten konnte, lief Sister X auf die Tür zu und verschwand dahinter.

»Was kann uns schon passieren? Sister X ist ja bei uns«, sagte ich, um mir Mut zu machen, als wir Amandas Schaf durch die Tür folgten.

Die Tür zum Wohnraum war auch nur angelehnt. Blümchen und ich spähten vorsichtig in den Wohnraum der Präsidentensuite.

»Schimmel!«, flüsterte Blümchen. »Er ist tatsächlich hier.«

»Und er packt!«

Genauer gesagt warf er hektisch irgendwelchen Kram in einen Koffer. Und neben dem Koffer stand ein Bild! Das musste die Fälschung sein!

»Schnell weg hier!«, flüsterte ich Blümchen zu. »Wir müssen Papa und die anderen holen.«

Ich wollte zurück zum Aufzug, doch ich hatte nicht mehr an Sister X gedacht. Sie stand genau hinter mir. Schon beim ersten Schritt stolperte ich und landete bäuchlings auf dem Boden.

»Wer ist da!«, kreischte Schimmels Stimme auf.

»Weg hier!«, schrie Blümchen und zog mich hoch.

Ohne uns noch einmal umzusehen, rannten wir los. Wie eine Blöde hämmerte ich auf den Knopf des Fahrstuhls. Zum Glück war er noch da. Die Tür öffnete sich und wir stürzten hinein.

»Bleibt stehen, ihr Gören!«, hörte ich Schimmel hinter uns.

Ich sah mich um und blickte in das wutverzerrte Gesicht von Mr Moosbachers Assistenten. Er war gefährlich nah.

»Sister X!«, rief Blümchen. »Komm schnell!«

Doch Amandas Schaf blieb kurz vor dem Aufzug einfach stehen.

»Worauf wartest du noch!«, rief ich.

In dem Augenblick schloss sich die Tür.

»Was machen wir jetzt?«, rief Blümchen verzweifelt. »Wir können sie doch nicht einfach allein lassen!«

Ich drückte auf den Knopf ins Erdgeschoss. »Sister X weiß sich schon zu helfen. – Hoffe ich.«

»Wir müssen Amanda finden! So schnell es geht!«, rief ich, als der Aufzug im Erdgeschoss hielt, und rannte los.

Doch meine Freundin blieb stehen.

»Was ist los? Warum kommst du nicht?«, fragte ich sie.

»Lass uns noch mal hochfahren.«

»Spinnst du? Hast du nicht das Gesicht von dem Typ gesehen?«

»Ich hab da so eine Ahnung«, sagte Blümchen nur.

»Aber ...«

»Wenn du nicht mit willst, kann ich auch allein fahren.«

Mit einem Satz war ich im Aufzug und wir fuhren wieder hinauf. Mit jedem Stockwerk grummelte mein Magen ein wenig lauter.

»Siehst du, das habe ich gemeint«, sagte Blümchen, als sich der Aufzug vor der Präsidentensuite öffnete.

Herr Schimmel saß auf dem Teppich und klatschte in die Hände. »Ene mene Miste, es rappelt in der Kiste!«

Sister X stand daneben und sah ihm durch ihre Sonnenbrille zu.

Am nächsten Tag gab es ein großes Hallo am Strand. Alle waren gekommen, sogar Kommissar Pauer. Nur Mr Moosbacher ließ sich nicht blicken. Wahrscheinlich war es ihm dort nicht vornehm genug. Dafür hatten wir umso mehr Spaß. Nur Papas Kollege Pauer stand mit etwas säuerlichem Gesicht dabei und redete mit niemandem.

Blümchen und ich waren *die* Heldinnen! Besonders Amanda sagte uns immer wieder, wie stolz sie auf uns wäre. Ich genoss das sehr. Blümchen war es dagegen wie immer ein wenig peinlich, dass sie so im Mittelpunkt stand.

»Mr Moosbacher hatte wirklich keine Ahnung?«, fragte Gerda Papa, als wir im Sand saßen und auf die Preisverleihung im Sandburgenbauen warteten.

»Nein, er hat Schimmel voll vertraut. Und das hat der schamlos ausgenutzt. Er hat die echten Bilder fälschen lassen und dann die Originale verkauft. Zum Glück ist ihm das erst bei drei Bildern gelungen.«

»Und was macht Mr Moosbacher jetzt?«, fragte Blümchen. »Fährt er wieder nach Hause?«

»Er sagt, er überlegt es sich noch«, antwortete Kommissar Lieb. »In Südstrand bleibt die Ausstellung allerdings noch so lange, wie geplant. Das sei er Fee und ihrem *Bärchen* schuldig, hat er gemeint.«

»Fee hatte also Recht«, sagte ich.

»Ohne sie wäre die ganze Sache wohl nie aufgedeckt worden«, sagte Papa.

»Muss sie trotzdem ins Gefängnis?«, fragte Blümchen.

»Sie wird auf jeden Fall angeklagt«, antwortete Herr Lieb. »Einbruch und Diebstahl sind schließlich keine Kleinigkeiten. Und auch die angebliche Entführung können wir nicht einfach unter den Tisch fallen lassen. Aber ich schätze, sie wird mit einem blauen Auge davonkommen. Denn sie hat ja nicht aus niederen Motiven gehandelt – und sie hat bei der Aufklärung eines Verbrechens geholfen.«

»Seht mal!«, rief Amanda. »Da kommen sie!«

Herr Kimpenski und seine Fee kamen strahlend auf uns zu.

»Nun sehen sie wieder wie ein König und seine Prinzessin aus«, seufzte Blümchen.

Plötzlich ging Hudoni an uns vorbei auf die beiden zu.

»Auweia! Hoffentlich streiten sie nicht wieder«, sagte Blümchen.

Ihre Sorge war unberechtigt. Die beiden redeten kurz miteinander, dann gaben sie sich sogar die Hand.

»Wir haben uns geeinigt, dass wir die Sache mit unseren Häusern vernünftig lösen«, erzählte uns Herr Kimpenski, als sie bei uns standen. »Fee hat uns darum gebeten.«

»Ich konnte diesen Streit nicht mehr ertragen«, seufzte sie.

Hudoni stand daneben und versuchte sein Gesicht zu einer Art Lächeln zu verziehen. »Wir wissen zwar noch nicht wie, aber wir werden uns schon einig werden.«

»Ich habe mich noch gar nicht bei den jungen Damen bedankt«, sagte Herr Kimpenski. »Das habt ihr wirklich sehr gut gemacht!«

»Danke«, sagte ich und spürte, wie ich rot wurde.

Blümchen sagte nichts. Sie wurde nur rot.

»Aber wie habt ihr das gemacht?«, fragte Fee. »Herr Schimmel war ja fromm wie ein Lamm.«

»Oder wie ein Schaf«, ergänzte Amanda mit einem Schmunzeln.

»Das ist unser Geheimnis!«, rief ich. »Wird nicht verraten!«

Plötzlich beugte sich Hudoni zu Blümchen und mir

vor. »Und genauso solltet ihr es auch mit meinen Zaubertricks halten! Haben wir uns verstanden?«

Da Blümchen und ich keine Lust hatten, für den Rest unseres Lebens als Frosch herumzuhüpfen und Fliegen zu fressen, versprachen wir ihm hoch und heilig, dass wir ihn sehr gut verstanden hatten.

»Wer hat eigentlich den Sandburgenwettbewerb gewonnen?«, fragte Herr Kimpenski.

»Ich glaube, die Preisrichter beraten sich noch«, sagte Gerda.

»Nein, da kommen sie!«, rief Blümchen.

Ich war echt gespannt, ob Opa Schraube und seine Jungs oder das Geisterkränzchen den Wettbewerb gewinnen würden.

Opa Schraubes Dreizimmerwohnung war inzwischen komplett mit Sandmöbeln ausgestattet. Es gab sogar eine Küche mit Kühlschrank und Spülmaschine. Blümchens Opa und seine Boxfreunde sahen aus wie kleine Jungen, die auf die Weihnachtsbescherung warteten.

Das Geisterkränzchen stand ihnen da allerdings in nichts nach. Sogar Eleonores Wangen glühten und sie trat neben ihrem prächtigen Sandschloss nervös von einem Bein auf das andere.

Die Preisrichter stellten sich in Positur. Einer von ihnen hatte einen Zettel in der Hand. Das war wohl der Vorsitzende.

»Sehr geehrte Damen und Herren, liebe Kinder!«, rief er über den Strand. »Es ist uns bei den vielen schönen Arbeiten nicht leicht gefallen, den Sieger zu ermitteln!

Die Sandburgen der … ähem … älteren Herrschaften sind gewiss technisch sehr aufwändig konstruiert.«

»Hört! Hört!«, rief Opa Schraube und lächelte seinen Jungs siegesgewiss zu.

»Trotzdem wollen wir den ersten Preis der kleinen Anna verleihen. Wir sind der Meinung, ihre Sandburg wurde mit der meisten Phantasie gebaut!«

Ein kleines Mädchen jauchzte auf und hüpfte jubelnd zwischen den Sandburgen herum.

»Kluge Preisrichter«, schmunzelte Amanda.

Auch wenn Opa Schraube und seine Freunde und Amandas Geisterkränzchen in den letzten Tagen erbitterte Konkurrenten gewesen waren, nun hatten sie eines gemeinsam: Ihre Gesichter waren so lang, dass sie beinahe über den Sand schleiften.

»Am meisten ärgert mich ja, dass ich nun keinen Tauchkurs besuchen kann«, sagte Opa Schraube, nachdem wir unsere Sandburgenbauer gebührend getröstet hatten. »Das war nämlich der erste Preis.«

»Ich glaube, darauf müssen Sie nicht verzichten«, sagte König Kimpenski. »Sie dürfen alle noch ein paar schöne Tage in meinem Hotel verbringen – einschließlich Tauchkurs. Und zwar auf Mr Moosbachers Kosten! Das soll ich Ihnen von ihm ausrichten.«

»Das ist sehr nett von ihm«, sagte Papa in das allgemeine Jubeln hinein, »aber als Polizisten dürfen Herr Pauer und ich solche Dinge leider nicht annehmen.«

»Genauso ist es!«, meldete sich tatsächlich auch Papas Kollege mal wieder zu Wort. »Wir fahren heute noch zurück.«

»Sie vielleicht, lieber Herr Pauer!«, rief Gerda mit dem breitesten Grinsen, das ich je bei ihr gesehen habe. »Horst bleibt noch hier. Das Hotel und den Tauchkurs für ihn bezahle nämlich ich – von meinem Detektivhonorar!«

Nun schleifte Kommissar Pauers Gesicht über den Sand und Papas Gesicht leuchtete rot wie eine Flasche Tomatenketschup.

»Mama muss deinen Papa wirklich sehr mögen«, flüsterte Blümchen mir zu. »Es will schon etwas heißen, wenn sie freiwillig so viel Geld herausrückt.«